長編新伝奇小説
書下ろし

上《か》遠《ど》野《の》浩《こう》平《へい》

クリプトマスクの擬《ぎ》死《し》工《こう》作《さく》

NON NOVEL

祥伝社

CONTENTS

Illustration ／斎藤岬　Cover Design ／かとう みつひこ

『……それでは駄目なのだ。欠けている、なんでもないものが欠けている。だがこの〝なんでもないもの〟こそが実はすべてだ。君たちは生命の外観だけは捉《とら》える。しかし、あふれ出る生命の過剰を表す工作は試みようとすらしない。それはおそらく魂であって、肉体という表現の外皮の上に雲のように漂《ただよ》っているなんともわからないもの——生命の、あの花……』

——オノレ・ド・バルザック〈知られざる傑作〉

「御身《おんみ》は盗人《ぬすっと》だ。生命を御身と一緒に持ち去ってしまった――」

「……なんだって？」

ふたりの男が、この世の果てのような場所で話をしている。

「これは〈人間喜劇〉という文学作品の一節だよ。そう、ちょうど〝それ〟を表すのに最もふさわしいと思ったんだ」

「盗人――泥棒ってことか？」

「そうだ。それは基本的には泥棒だといわれている。予告状を出して、人から物品を略取する――」

「ものを盗むだけか？」

「いや、人々が〝それ〟を問題にしているのは、そいつが現れると人死にが出るからだ」

「殺人事件か？」

「それがイマイチわからないんだな。人の死と、その物品の略取《りゃくしゅ》にどんな相関関係があるのかはまったく不明だが、しかし〝それ〟が盗む前に出す予告状にはこんなことが書かれている――」

〝これを見た者の、生命と同じだけの価値のあるものを盗む〟

「――って。その言葉の通りであるなら、その何かを盗まれると、人は死んでしまうのだということになる。その何か、特定できないその物品のことを便宜上、キャビネッセンスと呼んでいるそうだ」

「キャビネッセンス、ねえ。なんかわかりにくい言葉だな」

「でも響きは悪くないだろ？　まあ、どうしてもカントクが気に入らないなら、別の言葉にしてもいいし、あえて名前を出さないという手もあるし」

「色々と考えてるな」

「はは、考えるだけなら楽だからね――で、そのキャビネッセンスだけど、それがなんなのかは本人にもわからない」

「宝物ってわけでもないのか」

「そう。なんでそんなものが生命と同じ価値なのか、誰にもわからない。ときにはガラクタとしか思えないものだったりする」

「なんだってそいつは、そんな物を盗んでいるんだ。動機はなんだ。やっぱり殺し屋で、目的は標的を仕留めることなのか？」

「どうなんだろうね――ただ、個人的な印象を言うと、その標的に恨《うら》みとかはないんじゃないかな。復讐とか金目当てとかじゃなくて、もっと抽《ちゅうしょう》象的ななにかだと思うよ」

「抽象的は困るな。わかりにくくて観客の共感を呼ばない」

「愛のために殺しをしている、とかにするかい？オペラ座の怪人みたいに」

「そういう風にできればいいんだろうが、難しそうだなあ。漠然《ばくぜん》としすぎてるよ」

「じゃあ、そいつ自体は謎にして、それを巡る人々の物語にしようか」

「それだと弱いな。直接の迫力に欠ける。やはり一番強力なキャラクターを主役にしたいからな」

「謎めいた主役でありながら、皆が共感するような物語か。難しいね」

「共感はそれほどいらないかもな。カリスマを感じさせればいいんだ。存在感で停滞した空気に混乱をもたらし、状況を引っ張っていけばいい」

「ははは、そう言うとなんだか、カントク自身みたいだね」

「別に私小説には興味はないぞ」

「僕の方はカントクの話には興味を惹《ひ》かれるなあ。監督自身を描くつもりで描けばいいんじゃないのか」

「ヒライチは俺のことをどう思ってるんだ？　殺し屋みたいなもんだと？」

「まあ気にするなよ。それぐらい迫力があるってことだよ。いいじゃないか」

「迫力は映画だけで充分だ。私生活でまで出したくないな」

「カントク自身はどうだい？　生命と同じだけ大事なものってあるかい」

「うーん、特に思いつかないなあ。金か？」

「それは単に、なければ生きていけないってだけだろう？　だいたい金そのものが品物として好きってことでもないだろ。同額の金塊があったら、そっちでもいいんだろ？」

「そういえばそうだな。金は欲しいものを手に入れられるっていうだけだからな。換えが利《き》かないものか――それって、物品だけなのか？」

「どういうこと？」

「だから――心の中で大切に思っているものなんて、はっきりと形にできるものなのかってことだ。それこそ人間だったらどうやって盗むんだ」

「うーん、家族の写真とか、結婚指輪とか？」

「そんなもの、なくしたって哀《かな》しむだけだろう。泣くだけだ。涙をいくら流しても死にはしない――」

　言いかけて、男は口ごもった。するともう一人の男は笑いながら、

「それこそ相手が死んだって、その想い出を大切にしていけばいいということもある。そんなもの、どうやって盗めばいいんだろうね」

「……盗めるわけがない」

「でも、盗んでいるんだよ。その前提を守らないと」

「そうなるとそいつは、人間の域を完全に超えていることになる。超能力者とかいうレベルじゃなく、

運命そのものを弄《もてあそ》んでいるような、そう、神とか悪魔とかの領域に入ってしまうぞ」

「あるいは宇宙人とかね。ファンタジーだねえ。あんまり夢はない話だけどね」

「しかし、逆にも考えられないか？　生命と同じだけの価値があるものが何かわかれば、それを大切にすれば、生命を長らえることができるかも知れない」

「それこそ夢物語って感じになってしまうよ。ははは、僕にはそういう考え方はもう無理だね」

「おまえが言い出したんだぞ、このネタは。責任とってきちんと考えろよ」

「いい映画になりそうかい」

「ああ、なるとも。だからおまえももう少し粘ってくれよ」

「ふふ――そいつは難しいかもねえ」

「その泥棒か殺し屋か、怪盗みたいなヤツには名前はないのか？」

「ああ、便宜《べんぎ》上のものならあるよ。その予告が紙切れに書かれていることから、こういう風に呼ばれているんだ」

男は空中に、そのイニシャル〝P〟の字を描きながら言った。

「――ペイパーカット、と」

The Screened
Script of
Crypt-Mask

クリプトマスクの擬死工作

クリプト【crypt(o)-】「隠された」「秘密の」等の意味を表す接頭語。特に「正体不明の」「隠蔽《いんぺい》されて不明瞭な」といった意味で用いられる。クリプトグラフィーで「暗号」、クリプトサイキックで「心霊」の意となる。

CUT/1.
Sayuri
Hunahiki

あなたは嘘つきだって、わたしはいう
おまえは嘘つきだって、みんながいう
だれもが嘘つきだって、神さまはいう

——みなもと雫〈ビヨンド・パラダイス〉

1

その老人は毎日、寝る場所が違っている。

具体的に言うと、ホテル住まいが多いのだが、泊まる部屋が毎晩異《こと》なる。同じホテルばかりでなく、複数のホテルを渡り歩いている。宿泊費は大変な額になりそうだが、老人はこのような生活をするに当たって、一銭の金も使っていない。ホテル側が自主的に部屋を提供するのだ。それも三つくらいのスイートルームを提供して、好きなのを使ってくれというのである。そのどれに老人が寝ているのかをホテル側は知ろうとしない。もちろん部屋が埋まっていることも多いのだが、その場合はその部屋の泊まり客に直《じか》に説明をする。するとほとんどの客は「どうぞ泊まってください」と自ら部屋を差し出し、のみならずその際の宿泊費すら「払わせてくれ」と提供までする。スイートルームを利用できるだけの金が払える客で、その老人の名前を知らない者はまずいないからだ。そして老人にほんのわずかでも恩を売れる機会があれば、これを逃すのは愚の骨頂と誰もが思っているのである。

老人の名を東《ひがし》瀲《おり》久《く》既《き》雄《お》という。

この国の、いや世界中のいたるところに影響力を持ち、警察機構にも深い影響力を持つ東瀲グループの総帥である。もっともその役職は存在しない。彼の支配はもっと入り組んだ形で存在していて、まともな肩書きがないのだ。彼の影響下にある企業の大半はふたりの孫、時雄《ときお》と奈緒瀬《なおせ》の兄妹が会長だったり監査役だったりして、久既雄自身はあくまでも、隠居した身ということになっている……誰もそれを信じる者はいないが。

彼の外見は、取り立てて特徴があったり、背が高かったりするわけではない。しかし見る者が見れば、その小柄な身体から滲《にじ》み出る迫力に圧倒されるだろう。その圧倒的なカリスマ性には、後継者を争っている二人の孫では残念ながらどちらも遠く及ばないのだった。

「では、御前《ごぜん》。また明日の朝、お迎えに上がりますので」

　高層ホテルの最上階フロアをすべて独占している久既雄に一礼したのは、高級スーツを一分の隙《すき》なく着込んでいる男で、ずっと彼の執事を勤めている牟《む》田準三郎《たじゅんざぶろう》である。年齢的には壮年で、久既雄の息子ぐらいの歳である。

　これにバスローブ姿ですっかりくつろいだ久既雄が、やや不満そうに、

「なあ準ちゃんよ。その御前というのは二人きりのときには使うなと言っているだろう」

　と言うと、準三郎は表情を変えずに、

「このエレベーター前は、監視カメラが作動していますので、二人きりというわけではありません。御前に対し礼を失した行動はできません」

　と言った。久既雄は苦笑《にがわら》いし、

「まったく頭の固いヤツだ――まあ、だから頼りになるのだが」

「それでは、ご用があればいつでもお呼びください」

　準三郎がエレベーターで下の階に降りていくと、久既雄は「さて」と少し考えてから、四つあるベッドルームの内のひとつを選んで、そこに向かった。

　フロア中の部屋にはすべて鍵が掛かっていない。必要ないからだ。下の階の段階で厳重な警備が敷かれていて、上まで昇ってこられる者はいない。久既雄が入る前にも何回もチェックがされていて、安全は保証済みだった。

　――そのはずだった。

　きっちりとメイキングされたベッドの前まで歩いてきて、そこで久既雄は「ふむ」とかすかに鼻を鳴らして、そして壁に立てかけてあった杖《つえ》を手に取り、そこに体重を掛けて楽な体勢になる。

　そうやって視線を向けている先のベッドは、空っ

ぽでなかった。

　わずかに凹《へこ》んでいた。大人が寝ているにしてはささやかすぎる凹みで、ちょっと重いものが載っている程度だった。

　凹みは動かない。載っているものは微動《びどう》だにしないものだった。

　それはひとりの少女だった。

　十歳になるか、ならないかというくらいで、びっくりするくらいに華奢《きゃしゃ》な身体《からだ》をしていた。子どもの癖に指が長くて、それが空をわし掴みにするかのように突き出されている。唇も眼も開きっぱなしで、ぴくりとも動かない。

　そしてその胸元から突き出しているのは、料理用のナイフの柄《え》だった。ブレード部が深々と突き刺さっていて、血が滲みだしていた。

　顔色は完全に蒼白《そうはく》、呼吸の気配すらない。手の施《ほどこ》しようがない、としか言い様のない状態だった。

「…………」

　その少女の無惨な姿を前に、久既雄はやや眼を細めた表情を崩さない。そして、三十秒ほど経ったところで、彼は杖を離して、その両手を胸の前で合わせて、そして——拍手した。

　ぱん、ぱん、ぱん、と三回、まったく同じリズムで鳴らした。そして言う。

「いやあ——見事なものだ。名演だな」

　その声は平静そのものだった。するとベッドの上から、

「——ふう」

　と吐息が聞こえた。そして次の瞬間には、死体としか思えなかった少女が、むくり、と身体を起こした。

　彼女はぱちぱち、と瞼《まぶた》を何度か開閉した後に、久既雄の方を向いて、

「——どうしてわかりましたか？」

　と質問してきた。

「なかなかのものだ。指先には力を込めていたの

に、全身としては脱力していたな。身体の扱いには通じているようだ。その若さでよく修練している」

久既雄はまるで演劇学校の教師が教え子を褒《ほ》めているような言い方をした。

「いや、そうじゃなくて、どうしてわかったのか、と質問したんですけれど」

少女は妙に大人びた口調である。久既雄はここで少しばかりニヤリとしてみせて、

「血の臭いが違う。それは豚の血だ。人の血の臭いはあまり嗅《か》いだことがないようだな」

と言った。すると少女はまた、ふう、とため息をついて、

「なるほど、仰《おっしゃ》るとおりですね。その区別は正直つきませんでした。いちおう市販の血袋は使わないだけの気遣いはしたんですけど」

と、やはり大人のような言葉遣いで、変に冷静に言った。

「で、おまえの名前はなんという？」

久既雄が質問すると、少女はすこし不満そうな顔になり、

「私を知らないんですか？」

と訊《き》き返してきた。これに久既雄が、

「まあ、その言い草だとそれなりに有名人らしいな。芸能人かなにかか」

と言うと、少女はやや胸を張って、

「私は女優です」

と言った。堂々たる口調だった。胸に貼りつけられていた、途中で刃が折れているナイフの小道具が自重《じじゅう》で糊《のり》が剝《は》がれて、ぽろり、と落ちた。

「ほほう、それなら身だしなみには気を使うべきだな。おい、この娘を洗ってやれ」

久既雄がそう言うと、とつぜんにベッドルームに通じるドアというドアから黒服の男たちがなだれ込んできて、少女を取り囲んだ。杖を摑んだ時点でそのグリップのセンサーを使って、下の警備の者への通報は終わっていた。男たちは久既雄が拍手する前

から周囲で待機していたのだった。

「………」

少女も、さすがに驚いた顔を隠せなかった。黒服の男たちはそんな彼女を容赦《ようしゃ》なく抱え上げてしまう。彼女は焦《あせ》った様子で、

「あ、あの――お話があるんですが！」

と言うが、久既雄はもう背を向けている。そして側にやってきた執事の牟田準三郎に、何やら話しかけている。もう少女に関心がないようだった。

少女はさらに焦って、大声で叫んだ。

「私は――ペイパーカットの正体を知っているんです！」

その奇妙な言葉を耳にして、久既雄は少しばかり眉をひそめた。しかしやはり振り向くことはなく、準三郎に向かって、

「おまえはどちらがいいと思う？」

と二人の間だけで通じる、省略された物の言い方をした。これに準三郎も、

「いえ、私といたしましてはむしろ、真ん中が宜《よろ》しいのではと存じます」

と答えた。久既雄はニヤリとして、

「なるほど。任《まか》せよう」

と言って、そして二人ともエレベーターの方に向かってしまった。少女はそのまま、黒服の男たちによってシャワールームに担《かつ》ぎ込まれていった。

2

誉田紀一《ほんだきいち》はぐったりとした日々を送っている。

二十七歳。まだ若いが、もうそろそろ若くはないという歳。

大学在学中からマスコミ関係のバイトをしていて、すっかり卒業のタイミングを逸して中退、そのままフリーのジャーナリストというなんとも半端な

立場の境遇にある。

　かつてのようにスクープをフリーの者が単独で摑んで、高値で各社に売りさばくという時代は終わってしまった。今では大手はみな足並みを揃《そろ》えて、お互いに裏を取り合ってから記事を作成するのが当たり前になってしまった。裏をかいて載せられるものなど、せいぜい芸能人の私生活がらみのつまらない記事だけだ。熱愛発覚、と称してそのときの人気者が恋人と歩いている写真を撮る。そいつがその翌年に結婚しても、そのときに人気がなくなっていたらもう誰も関心を持たないような、そんな儚《はかな》くむなしいものを頼りに生活している。

（あー……）

　今日も彼は、ホテルの前で張り込みを続けている。物陰に停車させた小型車の中からカメラで狙《ねら》っている。

「おい誉田」

　横の運転席にいる先輩格の同業者、多々良純夫《たたらすみお》が声を掛けてきた。最近は二人で同じネタを追いかけていることが多い。色々と都合がいいからだが、もし大きなネタをどちらかが先に摑んでしまったら、きっと出し抜いてしまうだろうな、ということは二人とも考えている。

「なんすか、多々良さん」

「こいつはスカだ」

「このネタが、っすか？　どうしてそう思います？」

　二人が今狙っているのは、大物俳優の不倫である。何度も同じような事件を起こしているのだが、実際にはその度《たび》に名を売っているだけだ。一緒にホテルに入った女性タレントたちとほんとうに関係していたかどうかも怪しい。そっちもそれで名前を知られたいからである。

「柿崎《かきざき》は事務所を女房と同じところに移籍したがっているらしい——この時期にスキャンダルはねーよ」

「マジっすか？」

「さっきトシさんから電話で聞いた噂だ。そろそろ色男路線もきつくなってきたから、夫婦キャラで売りたいんだろ」

「うええ——」

紀一は顔をしかめた。そのときだった。

ホテルの入り口から、数人の男たちが一人の少女を抱えるようにして出てきた。少女は何やら喚《わめ》いている。

「——あれ？」

紀一はその少女を見て、一瞬固まった。だが次の瞬間、はっと我に返って夜間用に調整されたカメラを向けて、フラッシュ無しで何度もシャッターを切っていた。

「ん？　おいどうした」

多々良が訊いてきても、紀一は写真を撮り続けている。

「なんだよ、あの女の子がなんだって言うんだ？」

「いや——あれって、舟曳沙遊里《ふなひきさゆり》ですよ！」

紀一は興奮した声で言ったが、多々良は眉をひそめて、

「ふな——なんだって？　誰だそれ」

と訊いてきた。

「いや——だから、舟曳尚悠紀《なおゆき》の娘ですよ！」

「誰だっけ、それ。聞いたことはあるような——」

多々良はやはりもやもやした感じだったが、紀一にとってはこれ以上ないくらいの重要な名前だった。

映画監督、舟曳尚悠紀。

既に故人である。生涯に撮った作品は十二作。紀一は学生時代に彼の監督作『飢えた欲望』を観て感動し、マスコミ関係の仕事がしたいと思ったのだった……。

「あっ、騒ぎ出した！」

「おい、大丈夫か。誘拐みたいだが——」

男たちに連れられている少女は、ホテルの前で暴

れ出して、何やら叫びながら逃げだそうとしている。しかし男たちの方は平然としたもので、あわてる素振《そぶ》りもなく、それどころか近くにある交番からやって来た警官に、自分たちの方から話しかけていった。

警官は困惑しているようだったが、やがてどこかから連絡が入ると態度が一変し、男たちに敬礼までした。そしてすぐにホテルの前に、今度はパトカーがやって来た。

「お、おいおい——なんだありゃ」

少女は今度は、パトカーに乗せられてしまった。男たちも一緒に乗る。

「ど、どうなってるんだ?」

「逮捕された——ってことか?」

「いや、そんな馬鹿な……」

「あっ、出ちまうぞ! 追わにゃ!」

多々良はエンジンのキーをかけて、小型車を発進させた。

パトカーではあっても、サイレンは鳴らしていない。だから周囲の注目も特に集まっていない。尾行するのはそれほど難しくなかった。

「——しっかし、どういう話だと思う? 警察が出るってことは犯罪絡みかな。だとしたら俺たちは専門外だぞ——記事をどこに売ればいいのかもわからん」

「何言ってんですか。スキャンダルですよ。舟曳沙遊里なんだから」

「だから、俺はそれが誰かもわからんよ。一般人だってそうだろう」

「ああもう——」

紀一は苛立《いらだ》ちを露《あら》わにしていた。彼にとって重要なものが先輩に無視されているのが気にくわない——不愉快きわまりなかった。

そのとき、彼の視界の隅《すみ》を奇妙なものがよぎった。

道路沿いに立っていた、人影——それがこっちの方を見ているような気がしたので、振り返って見たが、もうその姿は確認できなかった。

「どうかしたか？」

「いや、今、なんか——変なヤツがこっちを。眼が合った、みたいな」

「はあ？　知り合いか？」

「いや、そんなことはないんですが——」

「じゃあ気のせいだろ。それよかあのパトカーを見失うなよ」

「は、はい——」

紀一はまだ首をひねっていた。

（なんだったんだ、あの——銀色、は……？）

そう見えたのだった。髪の毛が染められていたのかな、と後からなら思うのだが、ぱっと見たときにはそんな判断さえなく、ただ変な銀色が自分のことを見ている、という感覚があっただけだった。

「…………」

前にもどこかで、同じようなものを見た気がした。かなり昔のことのようにも思うのだが、ひどく近いことのような気もする。今、そのことについて思い出したばかり、みたいな——とそこまで考えて、あっ、と思った。

（——そうだ、舟曳尚悠紀の記録本で見たんだ）

監督が映画の準備をしているときの写真が掲載されていたのだが、その背後の壁に荒野に銀色の人影が立っている、という奇妙な絵が貼ってあったのだ。その絵を指差して、なにやらスタッフに指示している様子が真剣そのもので、何を言っているんだろうと興味をそそられたので、よく憶《おぼ》えていたのだった。

（そういえば、その横になにか文章の書かれた紙も貼ってあったな。変なことが書かれていたんだ。なんだったっけ——ええと）

『これを見た者の、生命と同じだけの価値のあるものを盗む』

ふいにその言葉が脳裏《のうり》に浮かび上がった。

なんでそんなに明確に憶えているのか、自分でも不思議だった。そのときの映画は結局、何度も企画されたにも関わらず、結局完成しなかったのだった。

（そうだ、あの映画、昔はすごく観たいって思ってたんだよなあ——未編集フィルムが残ってるらしいって噂を聞いて、あちこちのスタジオを二人で探し回ったりして——）

あの情熱は、どこに行ってしまったんだろうか。今の自分は惰性《だせい》で日々を過ごしているだけではないか——ぼんやりとそんなことを考えていたとき、多々良が車を停めた。

「おかしいぞ……」

押し殺した声で呟《つぶや》く。その視線を追うと、追っていたパトカーも路肩に寄せて、停車していた。しかし特に何もない場所であり、車から外に出る者もおらず、なんで停まったのかわからない。

「どうしたんでしょ？」

「わからんが、いや——まさか。パトカーで、そんな……」

多々良は焦った表情になっている。こういう状態を知っているようだった。周囲をきょろきょろと見回し始めて、そしてふいに顔が強張《こわば》った。

「ま、まずい！」

そう呻《うめ》いて、そして車を発進させた——ハンドルを切って、来た道を逆行する。

逃げ出す。

「ち、ちょっと——」

と紀一が声を上げようとしたときに、彼らの乗る車に向かって数台の車が追いかけてきた。横の道路から出てきた車も、彼らの方へと曲がって追尾してくる。

気がついたら、今、周辺の道路にいる車はすべて彼らのことを追いかけてきているのだった。

「な、な――なんですかこれ？」

紀一は意味がわからず、間抜けな声を上げてしまう。多々良は額《ひたい》に脂汗《あぶらあせ》を滲ませながら呻く。

「しまった――こいつはやばいことに引っかかっちまったぞ……尾行してくるヤツがいないか探ってやがったんだ……！」

「な、なんですって――」

「しかしまさか、パトカーまで使って、警察を巻き込んでまでそんな罠を仕掛けるとは――こいつは大ネタだ。間違いないぞ……！」

多々良は恐怖に震えながら、同時に興奮もしている。彼は紀一に、ちら、と視線を向けて、そして言った。

「おい――誉田。おまえに賭けるぞ」

「え？　なにを――」

紀一が訊き返そうとしたところで、多々良は急ブレーキを掛けながらハンドルを強引に回した。車は横滑《よこすべ》りしながら横の路地に飛び込んでいき、そこで停まった。

「行け！　逃げろ！」

多々良は怒鳴った。紀一はびくん、と身をすくめたが、すぐにドアを開けて車から転がり落ちるようにして、外に出た。

そのドアを多々良が内側から閉めながら、アクセルをもう踏み込んでいる。急発進していき、たちまちその場から離れていく。

紀一は焦って物陰に隠れる――そのすぐ横を追いかけてきた車が通過していく。多々良は自ら追っ手を引きつける囮《おとり》になったのだ。

「ひ、ひい――」

見つかったらどうなるのだろう？

紀一はとにかく、この場から離れなければ、と思った。

だが突然の状況の急変に、身体がパニックを起こしていた。腰が抜けて、立ち上がれない。

「あ、あわ、あわわ――」

焦ってカバンを落とし、誤って蹴っ飛ばしてしまう。

あっ、と思ったときには、そのカバンは道の上をざざっ、と音を立てて滑っていって――その音がふいに消える。

横からすっ、と何者かに拾い上げられたのだった。物陰からおそるおそる顔を出した紀一の前に、そのカバンが差し出される。

「落としましたよ？」

そう話しかけてきたのは、銀色の髪をした男だった。

「え――」

茫然《ぼうぜん》とする紀一に、そのコートを着た男は、

「どうかしましたか、困っているみたいですが――もしかすると」

と、微笑《ほほえ》みながら訊いてくる。

「あなたは、何かを探求しているのではありませんか？」

「……え？」

「あなたが、何かを突きとめたいと思っているなら、私も同じです。もしかしたら、私たちは協力しあえるかも知れませんよ」

「…………」

「どうですか。それほど時間はなさそうですが。さっきの人たちは、すぐにこの路地にも仲間を寄越《よこ》してくるでしょうね。一人で切り抜けられますかね？」

「……あんたは、なんだ？　同業者か？　俺たちを知っている？」

この問いに、銀色の男は穏《おだ》やかな表情を浮かべながら、首を左右に振った。

「いいえ。知りません。私は他の人間のことを何も知らない。だから、それを知りたいと思っている――紙切れに言葉を書きながら、ね」

不思議な言い方であるが、それは要するに、

「……物書き？」

ということになるのであろう。

「じゃ、やっぱり——あんたも舟曳沙遊里のことを追ってるのか？」

「ああ——彼女は興味深い対象のひとつですね」

銀色の男はやや眼を細めながらうなずいた。その複雑な表情の意味を理解しないまま、紀一は自分の納得に満足して、

「そ、そうか——それならお仲間ってところだな。あんた、名前はなんて言うんだ」

と訊《たず》ねた。この問いかけに、銀色の男は即答せずに、少しばかり路地を見回して、そしてその視線の先が〈ペパーミント・ウィザード〉という倒産してから放置されっ放しのアイスクリーム屋のシャッターのところで停まって、そして思いついたようにこう言った。

「飴屋《あめや》、とでも呼んでください」

3

基本的に〈メモアール興信所〉という探偵社は暇である。

社員は社長の早見壬敦《はやみみつる》ただ一人しかいない上に、彼はほとんど広告も出さないし、営業もしない。仕事は、以前に何らかのコネができた人からの紹介、みたいな形でしか来ないからだ。

今日も今日とて、早見はオフィス兼住居であるその一室で、ソファに寝ころんで居眠りを決め込んでいた。

すると珍しく、電話が鳴った。

「うー、なんだ……？」

頭はぼさぼさ、たいてい無精髭《ぶしょうひげ》が生《は》えていて、ぬぼーっと背が高い早見は、なんとなく雑種の大型犬のような雰囲気がある。

「へいへい、こちらメモアール興信所です」

無造作に取った受話器にそう言うと、少し笑ったような気配が伝わってきて、

〝お久しぶりです、壬敦くん〟

という聞き覚えのある、落ち着いた男性の声が聞こえてきた。

「あ？　準三郎さん？」

〝ちょっとお話がありますので、これからそちらに伺《うかが》ってもよろしいですかね〟

「え？　今すぐ、ですか？」

〝はい〟

「えーっと、いや、俺の方から行きますよ。準三郎さんに迷惑かけちゃあ――」

〝いやいや。実はもう、すぐ近くまで来ているんですよ〟

「は、はあ――」

〝君に会わせたい人がいるんです。ある女性を、ね〟

「――は？　あの、なんの話ですか？」


早見がそう声を上げてしまったところで、ふいにドアの方から、

「それはこっちの科白《せりふ》です」

という少女の声が聞こえてきた。ぎょっとして振り向くと、入り口が勝手に開けられていて、そこに一人の女の子が立っていた。その後ろには携帯電話を持った牟田準三郎がにこにこしながら立っている。

「――へ？」

「どういうことですか。なんで私が、こんな冴《さ》えないおじさんの所に連れて来られなきゃならないんですか？」

少女は不機嫌そのものの顔をしていた。早見が茫然としていると、準三郎はうなずきかけてきて、

「この娘は舟曳沙遊里さんといいます。女優さんだそうですよ」

と紹介した。

「――久既雄爺《じい》ちゃんのトコに忍び込んだあ？　こいつが？」

早見はつい大きな声を出してしまった。

「こいつじゃありません。沙遊里です」

少女はぶすっとした顔を崩さない。

「いや、そんな――嘘でしょ？」

「本当ですよ、壬敦くん」

牟田準三郎は穏やかな顔である。

「警備は何してたんです？」

「彼女は清掃用カートの中に隠れて入りこんだんです。身体を折り畳んで、小さく丸まって、普段ならワックスのタンクが入っている所に。重量をぴったり合わせてね。金属類を一切《いっさい》持っていなかったので途中のチェックもくぐり抜けた。見事なものですよ。我々の思いも寄らぬ方法でした」

「……びっくり人間なの、おまえ？」

「おまえじゃなくて、沙遊里です。びっくり人間じゃなくて、女優です」

「警備の人間の手続きに落ち度はなかったので、誰も馘首《くび》にはしませんでしたよ。二度と同じミスは絶対にしないでしょうし。ただ――彼女を不用意に清掃用具の倉庫まで入れてしまったホテル側にはしかるべき注意はさせてもらいましたがね」

「あーあ」

早見はため息をついた。おそらくそのホテルの経営陣から従業員まで近いうちに総入れ替えになってしまうだろう。

「だから牟田さん、私はこんなしょぼいおじさんではなく、東澱一族の方と直に相談したいのです」

沙遊里はきっぱりとした口調で言った。

「東澱一族は、相手にふさわしき実力があれば、その願いを聞いてくれるといいますよね。私はその才能を見せました。あれで充分なはずです」

「そんな噂が広まってんの？」

「そのようですよ、壬敦くん」

「それってあれだろ、奈緒瀬だろ？　あいつ今、自分の手駒《てごま》を増やそうとしてるから、そうやって片っ端から部下をかき集めてるんだろ？」

「まあ、その点では時雄くんも似たようなものなのですがね」

「兄貴も奈緒瀬も、なんで仲良くできないのかね。兄妹同士なのに」

「どちらとも仲のいいあなたとは違うんですよ、二人とも立場がありますからね」

「あーっ、あいつら意地っ張りだからなあ」

二人の話を沙遊里は訝《いぶか》しげな顔をして聞いていたが、その途中で口を挟んできた。

「あのう、そのトキオとかナオセって、東澱一族の後継者って言われてる人たちのことですか？」

「そうですよ」

「じゃあ、この冴えないおじさんは――」

「次男の壬敦くんです」

「い？」

沙遊里は顔を引きつらせて、早見の方を向いた。


そして信じられないという眼で睨《にら》みつけてきて、

「……でも、早見なんですよね？」

と挑むように訊いてきた。早見は苦笑しながら応える。

「籍は抜いてるよ。だから東澱一族って訳じゃない。ええと、沙遊里ちゃん？」

「は、はい」

「あのさあ、どういうつもりか知らないけどさ、東澱なんかに近寄らない方がいいぜ。協力してもらっても、見返りに何を要求されるかわかったもんじゃねーよ。やめといた方がいいぜ。今なら引き返せる」

「…………」

しばらく沈黙が続いたところで、準三郎が口を開いた。

「いやあ、そういう訳にはいかないのですよ」

「え？」

「彼女の話は聞く――それはもう、決定されたことなのです。そしてそれは、壬敦くんの仕事にするのが最適だろうと」

　穏やかな口調だが、有無を言わせぬ強さがこもっていた。

「……どういうことです？」

「さあ舟曳さん、壬敦くんに説明してあげなさい。あなたの話を」

「……でも」

「彼はもう、知っています――ペイパーカットのことを」

「え？」

　その単語を聞いて、早見は眼を剥いた。

「ちょっと準三郎さん、今、なんて――」

「そうですか、わかりました。それなら言ってもいいでしょうね」

　沙遊里はうなずいて、そして早見の方に向き直った。

「私は、ペイパーカット現象の正体を知っています。この情報を代償にして、私の父が撮ろうとしていた映画の正体を調べて欲しいのです」

　まっすぐな眼をして、早見のことを見つめてくる。

「そう――未完成に終わった『楽園の果て』という映画がどんなものになるはずだったのか、私はそれが知りたいんです」

「――――」

　早見は口を尖《とが》らせて、眉間《みけん》に皺《しわ》を寄せて、難しく考え込む顔になった。そして準三郎に顔を向けて、

「……ペイパーカット絡みのことは、奈緒瀬の管轄だったはずだよな。それなのに、なんで俺に話を振ってくるんです？」

と問いかける。これに東澱の筆頭執事は穏やかに微笑んだまま、

「ではあなたは、奈緒瀬さんにペイパーカットの真実に辿《たど》り着いて欲しいのですか、壬敦くん」

　と逆に質問した。早見はため息をついて、

「……あー、なんか利用されてますね、俺。時雄兄貴を差し置いて奈緒瀬の方に情報を提供するのは贔《ひい》屓《き》と思われるから避けたい、ってところでしょ、結局」

と言った。

「では断りますか？」

「経費は、爺ちゃんの所から出るのかな？　なんせうちの事務所は貧乏で」

「私のポケットマネーでまかないますよ」

「なんか叔父さんに小遣いをせびってるみたいですね、これ」

「あなたにならいつでも、いくらでも援助しますよ。その気になればね」

「あと——判断はこっちがしてもいいんですよね。奈緒瀬の邪魔をするみたいな形になっても構わんのでしょ？」

「ほう、何をする気ですか」

「俺だけじゃ力不足なんで、専門家を呼びたいんですよね——いや、個人的に仲良くさせてもらってるんで」

「ああ……あの方ですか」

準三郎は納得した、という顔でうなずく。

「もちろん、お好きなように」

4

日曜日の朝早くから、伊佐俊一《いさしゅんいち》と千条雅人《せんじょうまさと》は突然にサーカム財団の極東支部へと呼びつけられた。

「やあミスター伊佐、よく来てくれたね」

支部の特別顧問である英国人ハロルド・J・ソーントンはにこやかな顔で伊佐を出迎えた。千条の方は見もしない。挨拶《あいさつ》などしても無駄だということをよく知っているのだ。千条の方もまったく構わずに、

「はじめに言っておきますが、伊佐と僕はあなたの管轄外にありますので、個人的な命令であれば訊く

ことができない可能性があります」

　と出し抜けに言った。

　伊佐俊一と千条雅人。この二人はサーカム保険において〝ペイパーカット〟と呼ばれる奇妙な現象を専門に追跡する専任の調査員《オプ》である。その仕事に於《お》いては自由な裁量権があり、ソーントンも二人より社内的に上の地位にあるが、それでも上司という訳ではない。

　ソーントンは千条の言葉にうなずきもせず、伊佐の方ばかりを見ている。伊佐のサングラス越しにその眼を直に見つめてくるようだった。伊佐の眼は光に耐性がなく、強い光を受けるとひどい頭痛に襲われるので室内であってもサングラスを外すことはできない。

「それで、用件はなんだ？　今日は休日だぞ」

　かすかに肩をすくめて訊くと、ソーントンはやや薄い笑いを浮かべて、

「それで、友人と約束がある？」

　と言った。伊佐の眉がぴくっ、と強張る。

「……どうやら面倒な話みたいだな」

「君が会おうという友人は、早見壬敦だろう？　彼から既に用件を聞いているかい」

「別に、何も――そっちはもう知っているみたいだな」

「いや、はっきりとはわからない。しかし早見壬敦が昨日、東澱家の重鎮《じゅうちん》と面談していることは確認済みだ。どうやら仕事を受けたらしい。そこで彼は、君を頼ろうとしている」

「……だとして、それがサーカム保険となんの関係があるんだ？」

「彼が受けた仕事がなんなのかはわからない――しかし、おそらくはある映画に関係したものである可能性が高い」

「映画？」

「そう『楽園の果て』という未完成映画だ。おそらく早見壬敦はその映画の内容の解明を依頼されたん

だろう」

「……だから、それとサーカムがなんの関係があるんだ？」

伊佐がそう質問したところで、それまで黙って話を聞いていた千条が口を挟んできた。

「映画『楽園の果て』の権利を現在持っているのは、サーカム財団だよ。そう記録されている」

千条雅人はかつて脳に損傷を受けて、その際に失われた思考能力を補《おぎな》うために頭蓋《ずがい》の内に演算チップが埋め込まれている。その極小の装置には膨大なデータが収集されていて、サーカム財団に関することも当然、その中には含まれているのだ。

「——どういうことだ？」

伊佐は千条ではなく、ソーントンの方に質問した。彼もうなずいて答える。

「映画の撮影には金が掛かるだろう？　しかも諸般の事情でそれが中断されたとき、それまでのスタッフの人件費や諸経費はどうなると思う？　ただ働きだった、といって泣き寝入りかね。しかしそんなことが繰り返されたら、誰も他人の映画製作に協力しようとはしなくなってしまうな。するとどうなる。そう、保険を掛けておくんだ。映画が潰《つぶ》れたとき、その分の損失を補償する、という内容のね」

「——その代わり、映画の著作権などを差し押さえる、ということか。夢のない話だな」

「夢？　それはこの場合、誰か個人の願望ということかい。それとも睡眠時に生じる幻覚症状のことかい」

千条の、まったく場に馴染《なじ》まない唐突な問いに、伊佐は投げやりな口調で言う。

「どれでもない——大勢の人の間に共通する、ぼんやりとした希望だ。こうあって欲しい、という意識だ」

「今回はそれにそぐわない、と？」

「そうだ。映画というのはつまらない俗世間の約束事から自由で、優雅な世界であって欲しいという意識に反している事例だ、こいつは」

　伊佐がふん、と鼻を鳴らすと、千条は納得した、という風にうなずき、ソーントンはまるで二人の会話などなかったかのような調子で話を再開する。

「もちろんふつうなら、そんな映画の権利などはすぐに別の者に転売して終わりだが、この件に関しては最初から、サーカム財団には手放すつもりがなかった——その映画の監督が不審死を遂げたときから、ずっとこの映画のことを調べ続けていたのだから」

「不審死だと？　それは、つまり——」

「身体のどこにも異常がなく、いきなり生命《いのち》だけがなくなったような死にかただったという情報がある。ペイパーカット被害者である可能性が高い」

　ソーントンの言葉に、伊佐は少しだけ黙り込んだ。千条は平然としたまま、

「そのデータはどこにも提示されていませんね。我々に与えられているペイパーカット関係の情報から洩《も》れています。事実であるかどうかの確認はできません」

　と言った。これにソーントンは平静に、

「同じサーカム財団であっても、君らとは管轄の違う部門の話なんだよ、これは。私の下にも明確な資料があるわけじゃない」

　と言った。伊佐は眉間に指先を押しあてて、やや呻くように、

「予告状は確認できたのか？」

　と訊いた。ソーントンは首を横に振る。

「それがはっきりしない。似たような文章が書かれたメモがあったらしいが、回収できなかった。しかし監督自身がそのメモを書いていたという証言もあったから、彼はペイパーカットのなんたるかを知っていたのはまず間違いない」

「その監督は、以前にはサーカム関係者ではなかったんだな？」

「そうだ。彼がどこからペイパーカットを知ったの

かは不明だ。早見壬敦は君に、その辺の情報の提供を求めるつもりだろう」

「……だとしたら、がっかりさせてしまうことになるな」

「しかしそれでも、彼は君に調査を手伝って欲しいだろう。君は何しろ〝専門家〟だからな」

「……嫌味か」

「事実だよ。君ほど現在、ペイパーカットに接近している人間はいない。まあ、これは私個人の見解だが」

「褒められているんだろうが、嬉しくないね」

「いや、それはその通りですね。伊佐は確かに専門家ですね」

千条がまったく感情のこもっていない声でお世辞めいたことを言ったので、伊佐はさすがに少し苛ついて、

「おまえは、少し黙ってろ」

と言った。千条は不思議そうな顔になったが、黙れと言われたので、文句も言わずに口を閉ざした。

ソーントンも、ついくすくすと笑ってしまってから、やや調子をあらためて、言った。

「それで、こうやって君にわざわざ来てもらった用件の方なんだが——有給休暇を一週間ほど取ってもらいたいんだ。いや、なんなら有給とは別の、特別休暇ということにしてもいい」

「……どういうことだ？　つまり俺にミミさんの——早見壬敦の手伝いをしろって命令しているのか？　言われなくてもするつもりだったが——正式な指令なのか？」

「正式にではない。これは非常にデリケートな問題なんだよ。サーカム財団内部の、ね」

「……どういうことだ？」

「問題の未完成映画の権利を持っているのは、サーカムの子会社である〈ボーン〉社だが、ここの統轄者である人物が、きわめて独善的な性格でね——この件を知ったら、自分にすべてを任せろと言い出す

のは目に見えているんだ」

　やれやれ、という風にソーントンは首を左右に振った。

「だからできるだけ、ことを内々ですませたい。これは君が個人的にやっていることで、サーカムは関係ないということにしてもらえないかな。それで成果があったら、君の手柄ということで報告してもらえればいい」

「――つまり、財団内部の権力争いってことか？　その人物に手柄を与えたくないから、内緒にしたいという話なのか？」

「そんな単純な話ではないが、まあ、そう捉《とら》えてもらってもかまわんよ。ただひとつだけはっきりしているのは、もしも〈ボーン〉が出てきたら、君は外されてしまうだろうということだ。彼はとにかく、自分しか信じない」

「……面倒な話みたいだな。俺は友だちの話を聞きに行くってだけなのに」

「それで断っておくが――君は今回、千条雅人を連れていくことはできない。彼には休暇というものがないからな」

　と千条の方を見る。自分のことを言われているというのに、千条の方はまったく意に介した様子もなく、ただ伊佐のことをじっと見つめている。

「……別に千条は俺の部下でもないから、当然の話だろう？」

「我々からすると千条雅人は君の〝所有物〟みたいなものだからな。気にしないのならそれでいい」

「…………」

　伊佐は千条を見つめ返した。すると千条は、それまでの話をまったく無視するかのように、

「――黙っていろ、という指示はまだ続いているのかい？」

　と質問してきた。伊佐は苦い顔になり、

「……好きにしろ」

　と言った。すると千条はソーントンの方に向き直

って、

「ひとつ提案があるのですが」

と話し始めた。

5

「……駄目だ。やっぱり多々良さんは警察に捕まってるらしい……」

あちこち調べてみたものの、紀一はとうとう相棒の行方を摑めなかった。

「俺はどうすりゃいいんだ。どうすればいいと思う？」

そう言って顔を上げた彼の前に立っているのは、銀色の髪をしたコート姿の男、飴屋と名乗った奇妙な人物である。

「そうだね——君はどうしたいんだい？」

「……あんたはどうなんだ？」

「私は紙切れに物を書くのが仕事だからね。興味深いことを追いかけていくだけだ」

飴屋は、とても落ち着いた調子で言う。そこにはスクープを前にしたジャーナリストのギラつきのようなものは一切ない。でもそのことの不自然さに気づけるほど今の紀一には余裕がない。

「多々良さんには〝おまえに賭ける〟とか言われちゃったしなあ、逃げ出したらあの人怒るだろうな——でも、舟曳沙遊里がどこに行ったのか、もうわからないし——」

「どうして君は、彼女に興味を持ったのかな」

「え？」

「君が彼女を気にする理由と、彼女がどこかに連れ去られた理由というのは繫《つな》がっているかも知れないよ」

「……というと、つまりその、例の未完成映画が関係している、と？」

あの『楽園の果て』が——。

「それがどういうものなのか、私にも説明してくれないかな」

　飴屋は静かな口調で訊ねてきた。

　――それはＰと呼ばれる者の物語。

　Ｐの正体は誰にもわからない。男だとも女だとも、老人とも若者ともいう、はっきりしないヤツ。しかしそのＰがひとたび現れると、その土地は奇妙な現象に襲われる。崖崩れが起きたり、険悪だった恋人同士がふたたび絆《きずな》を取り戻したり、様々なことが起きるという。Ｐの目的は誰にもわからない。実はＰは一度死にかけたことがあり、その臨死体験の際に不思議な景色を見て、それを探し求めているのだともいう――この世のどこかにその『楽園』の風景が存在するはずだと信じて、Ｐは今日も世界のどこかを彷徨《さまよ》っているのだという……。

「――ていう粗筋《あらすじ》らしいんだけど。でもシナリオは完成しなくって。Ｐってのが曖昧《あいまい》なのは、役者を誰にするとか全然決まらなかったからだって話だ」

　紀一が説明すると、飴屋はうなずいて、

「なるほど。どこかにあるはずの『楽園』か。なかなか興味深いね」

　と微笑んだ。

「割と前評判は高くて、実際に出資とかもされてたはずで、その辺の金がどこに行ったか不鮮明とか、謎の部分も大きいんだ。舟曳沙遊里は実の娘だから、遺産と一緒に借金も相続してる可能性もあるから、理由はその辺かも知れないな」

「しかし、そんな金だけの話かな。それだったらこそこそ隠れて女の子をさらったり、それを追ってきた者を捕らえたりしないで、正々堂々と正面から借用書を突きつけて、裁判所に訴えればいいだけの話じゃないのかな。マスコミが報道するなら、どうぞどうぞ、というくらいの感じになるんじゃないのかい？」

「……そういえばそうだな。じゃあ、なんなんだろ」

「君がこの件で一番気になっていることはなんだい」

「それは――」

考えるまでもない。未完成映画『楽園の果て』のことである。

「君が気になっていることは、他の者も気にするんじゃないのかな。人間、そうそう関心を持つことが分かれたりはしない。ひとつの事件で話題になるのは、たいていひとつの事柄だけだ」

飴屋は妙に上からの口調で、静かに言う。言われて紀一もそんな気がしてくる。

「……映画の利権争い、とか？」

「君は、そんな利権がどうの、ということを本当に気にしているのかい」

「……俺は気にならないけど、でも――それだったら、みんなもあれがどういう映画なのか、ってことを気にしてるってこと？」

「それを判断するのは私じゃなくて、君だ。君はどう思う？　そのことを知りたいというだけで、大勢の人間が大騒ぎをするに値《あたい》するか――」

「………」

紀一はしばらく考えていたが、やがて首を左右に振った。

「……わからない、わからないよ。でも、俺はやっぱり、知りたいと思う――」

そのときだった。

彼らが隠れるようにして立っていた路地裏に足音が響いてきた。

目を向けると、それはこの前の黒服の男たちだった。何かを探しているような様子であった。

「あっ、まさか俺たちを探して――」

紀一が声を上げかけたところで、飴屋が横から、

「いや、なんの問題もないよ」

と当然のように言った。そして紀一にウインクしながら、

「私から離れないで」

と言って、さっさとその男たちの方へと歩いていってしまった。

「わ、わわ——ちょ、ちょっと」

焦ったが、どうしようもないので、ついていくしかない。

男たちが飴屋に気づいて、む、と視線を向けてきた。

紀一は心臓が飛び出るかと思うほどにビビっていたが、飴屋には一切の動揺が見られず、平気な顔で進んでいき、そして男たちとすれ違う——その瞬間、男たちの一人が、

「ああ、君——ちょっと」

と飴屋に声を掛けてきた。紀一は思わず悲鳴を上げそうになってしまったが、なんとかこらえる。飴屋は平然とした様子で、ゆっくりと男の方を向いて、

「なんですか?」

と訊き返した。

「君は、この辺の住人かい」

男がそう訊いてきたのに対し、飴屋は落ち着いた声で、

「いいえ。旅の途中です」

と答えた。すると男は納得したようにうなずいて、

「そうか、それならいい。でも早く家族の所に戻った方がいいよ。怪しいヤツがうろついてる可能性があるからね」

と、まるで小さな子どもに言っているような、優しい口調で言うと、さっさと別の場所へと歩み去ってしまった。

「……な、なんだあ……?」

紀一には訳がわからない。なんで今の男は、あんなに飴屋のことを心配するみたいな態度だったのだろう?

(まるであの男たちには、飴屋がちっちゃな女の子

にでも見えていた、みたいな……?)

　それになぜか、紀一の方には全然興味を示さず、視線さえ向けなかった——まるで彼は飴屋の陰に隠れて見えなかった、とでもいうかのように。奇妙な感じだった。その奇妙さの性質がまるで把握できないところが、ますます奇妙だった。

「ほらね、問題なかっただろう?」

　飴屋は少しおどけたような口調で言って、それから改まった表情になり、

「それじゃあ、これからどこに行くのかを決めようじゃないか」

　と言った。

CUT/2.
Muta

愛の告白だけしか聞く気はないけれど
愛の言葉ってどうしても信じ切れない

——みなもと雫〈ビヨンド・パラダイス〉

1

御堂比呂志《みどうひろし》は十年前まで俳優だった。

舟曳監督の作品には三回参加しており、特にそれまでほとんど無名だった彼が準主役として抜擢《ばってき》された『犬の世界』は、それで世間に評価され、そこからキャリアを重ねていったという重要な作品である。その迫真の演技から、評論家からは「御堂比呂志に舟曳尚悠紀の情念がそのまま乗り移っているかのようだ」とまで言われたほどに、舟曳監督とは呼吸がぴったり合っていた。自分でも監督した作品が数本あり、それらも高い評価を受けていた。

だから舟曳監督の死後は、当然のように業界の中では彼をその後継者として、未完の作品の監督を引き継いでもらいたい、という話が何度も持ち上がっている。しかし彼はそういう声に一切反応せず、俳優としての仕事もまったく引き受けなくなり、ほぼ隠遁《いんとん》するような形で世間から姿を消してしまった。

だから彼がその後どんな仕事をしていたのか、知る者はほとんどいない。想像もつかないだろう。

彼がサーカム保険の子会社である企画立案会社〈ボーン〉の社長になって、さまざまな案件を処理する多忙な日々を過ごしていたことなどを。


（しかし――若い）


御堂比呂志を前にして、部下の高梨圭子《なかなしけいこ》はいつもそう思う。

もう初老というのもためらわれるほどの高齢のはずである。そもそも俳優として売れなかった時代が長く、舟曳監督と出会わなかったらきっと見切りを付けて別の仕事に就いて、それもとっくに退職して年金生活を送っている頃だろう。

それがどう見ても、未だ四十代ぐらいにしか見えない。実に若々しい。髪の毛はすべて綺麗《きれい》に剃《そ》り上げていて、禿《は》げているのかスキンヘッドなのかわからない。

「それで高梨くん——舟曳沙遊里はどこに行ったのか、まだわからないというのかね」

その低い声も張りがあり、まるで舞台の上で発声しているかのような力がある。

「は、はい——八方手を尽くしているのですが……しかし彼女が我々の会社から持ち出した極秘資料に関しては、彼女の自宅から簡単に回収できました。隠してもいませんでした」

「母親はどうした。彼女は読んでいないのか」

「おそらく。我々が彼女の部屋の鍵を開けろと言っても〝私にはできない〟とひどく怯《おび》えていましたから。自分の子どもなのに、まったく干渉できないようです。そもそも年端《としは》の行かない娘が無断外泊で長く留守にしているのに、警察に捜索願すら出していませんでしたし」

「警察に捜させるのは最後の手段だ。まだやめておけ。母親にはうまいこと言って、仕事があるとか説明してあるんだろう？　児童相談所などに出しゃばられると面倒な話になる」

「はい。娘の連絡先を訊かれるかと思ったのですが、それもなくて……なんだか拍子《ひょうし》抜けしました」

「責任が自分にはないというだけで満足なんだろう。あれはそういう女だ」

「——正直、私には信じられませんが」

「君のように子どもを大事にする母親ばかりではない。世の中には冷たい人間もいるということだ。しかしその君も、女手一つで二人の子どもを養うには仕事をしなければならないな」

「わかっています——」

圭子は顔を強張らせた。この仕事は高給であり、彼女の歳で同じだけの収入を見込める再就職先などないだろう。馘首《かくしゅ》されたらやっていけなくなる。

「……それと、警察と言えばやや不審な動きがありました。フリーのジャーナリストが逮捕されたのですが、罪状が今ひとつ不明です。多々良純夫という男なのですが、どうも大物のスキャンダルを狙っていたらしくて――」

「逮捕されたのはどの辺りだ？」

「都心の最高級ホテル付近です。当時パトカーが走り回っていたという証言もあります」

「最高級ホテルか――」

御堂は厳しい顔になった。思い当たる節《ふし》があるようだった。

「あの――」

「どうやら先手を取られたようだな。沙遊里は協力者を得たらしい。おそらくあの娘は東澱を味方に付けたのだろう」

「ひ、東澱ですか？」

当然、圭子もその名前を知っている。その圧倒的な影響力の大きさを。怯《ひる》まざるを得ない。だが御堂の方はそういう乱れを見せずに、

「最近、あの一族がペイパーカットに関心があるという話は聞いていたが、どうやら直に対面するときが来たようだ」

と静かに言った。

「で、でもどうするんですか？　リーカム本部に支援を要請しますか？」

不安そうな圭子に、御堂は鋭い視線を向けつつ、

「どうもしない――何も変わらない。我々は我々の探求を続けるだけだ。サーカムなど信用できん。あの連中は何もわかっていない。『楽園の果て』が何を描こうとしていたのか、それがわかるのは私だけだ」

と断言した。その眼は実業家のそれにしては殺気がありすぎた。

「しかし相手が東澱を引きずり出したからには、こちらもそれなりの対応をする必要があるな」

御堂の言葉に、圭子はぎょっとした顔になった。

「ま、まさか――吉岡《よしおか》組の連中を使う気ですか？」

「組というな。今ではもうヨンオカ企画だ。立派な

株式会社だぞ」

「し、しかし――あまり社長の昔のコネは使わない方が――それこそサーカム本部がいい顔しませんし……」

「ペイパーカットのことは当然教えない。だから問題はない――どうせ言っても信じないだろうしな」

御堂は不敵に笑った。圭子が問題にしていることを、ほとんどの人間が問題だと思うことなどまったく歯牙《しが》にもかけていないのだった。道徳観念が欠落しているというよりも、物事の優先順位が異《こと》なるのだった。社会通念はその基準に入っていない。

誰もが勘違いをしている。

御堂比呂志が俳優を引退したと。

他の皆は想像だにしていない。彼はこの十年、別の業種に就いて高収入を得ながらやっていたことが、ただひたすら〝取材〟だということなどを。

彼は一度たりとも映画のことを忘れたことなどない――延々と〝役作り〟しているだけなのだった。

2

「つまんない大人よね、壬敦って」

舟曳沙遊里は断言した。はるかに年上の男に向かって言う口調ではなかったが、言われた早見の方も、

「そうかね、じゃあつまんなくない大人っていうのは、どんなんだ？」

と淡々と訊いた。

「そりゃあ、夢に向かって一生懸命に生きてる人よ。努力を怠《おこた》らず、いつも真剣で」

「夢ねえ。でももう大人なんだぜ。子どもの頃に何してたんだって話にならないか？　大人になってからも夢とか言ってるヤツって、いい気になってるだけじゃねーの。身勝手でわがままって感じがするな」

「そんなのはただの僻《ひが》みよ。仕事をきちんとしなが

ら、未来のことを考えている人だっているんだから。無能ってことよ」

　沙遊里は平然ときついことを言う。早見もとぼけた顔で、

「無能なのは否定しないが、有能っていわれるヤッって大抵《たいてい》ズルいよな。要はめんどくさいことを他人に押しつけているから、自分はてきぱきしているように見えるんだよ」

　と言い返す。

「愚図ってホントになんでも言い訳するわよね。その分努力すればいいのに」

「努力って他人に見えるもんじゃねーだろ。努力家ってのは結局、努力してますってアピールするのが上手《うま》いヤツのことだよな」

「とことんヒネくれてる男ねえ、まったく」

「それだけ慎重ってことだよ。探偵なんでね、確実に事実だとわかることしか信じないようにしてるのさ」

「どうかしら、臆病なだけじゃないの？」

「そこは見解の相違ってヤツだよ」

「依頼主は私よ。私の見解に従ってもらいたいわね」

「金出してんのは準三郎さんじゃねーか。俺からしたら、おまえは調査の協力者ってところだよ」

「ああ——なんで私、もっとあの牟田さんに話を聞かなかったのかしら。ただの秘書だとばかり思ってたのに——あのひとも東澱一族の一員だったなんて……」

「牟田さん家《ち》は俺たちのお祖母《ばあ》ちゃんの、お姉さんの嫁ぎ先だからな。若い頃の久既雄爺《じい》ちゃんに投資してくれたりしてたから、まあ本家も同然だよ」

「そうと知ってたら、あの人にもっときちんと頼み込んだのに……」

「どっちにしろ同じだよ。準三郎さんは他人の言葉に左右されないから」

「うう……あんたみたいな頼りないのを押しつけら

れたんじゃ、苦労してホテルに忍び込んだ甲斐《かい》がないじゃない……」

沙遊里がため息混じりに、妙に深刻に嘆いていると、前の運転席の方から、ふふっ、という笑い声が聞こえてきた。

「何笑ってんのよ、保険屋?」

沙遊里が尖《とが》った声で文句を言うと、車を運転している伊佐俊一が、

「いや――悪い悪い。しかしなんだな、君たちはちょっと変わった親子みたいだぞ」

と笑いながら言った。

「誰がこんなのと親子ですか、冗談じゃない――」

「あー、俺もこんな娘がいてもおかしくない歳なのかねえ――いやいや、やっぱ無理あるぞ、それ」

彼ら三人は、ミニバンに乗って高速道路を走っていた。

向かっている先は『楽園の果て』の手掛かりのひとつ――刃ノ背《はのせ》岳という山である。

近隣には駅もなく、バスも通っておらず、町も村もない。標高もそれほど高くないので登山家たちに人気もない。四つの峰が連なる山脈の中で三番目の高さという半端《はんぱ》な山だった。

映画のためのロケ場所探しで、舟曳尚悠紀監督がこの場所を訪れていたことがわかっている。それもかなり長期間ロケハンしていたらしく、その場所で映画の重要なシーンを撮影するつもりだったと思われるのだった。

「もうすぐ高速を降りて、そこからはひたすら一般道だ。何か要《い》るものがあるなら、今の内に買っておかないと、たぶん店とかないぞ」

「大丈夫だろ。割と揃ってるし――でも悪いな、車まで借りちゃって」

「どうせサーカムの備品だ。壊しても保険が下りるぞ」

「保険、保険って――ムカつくわ、ホント」

沙遊里が不愉快の極み、というような口調で言っ

た。

「映画は著作物で、製作者に権利があるべきだわ。なんでそれを保険会社なんかに盗《と》られなきゃならないのよ？」

「ものは考えようだ。映画の概要が摑めれば、サーカムに出資させて、映画を完成させられるかも知れないぞ」

伊佐の言葉に、沙遊里は彼のことをバックミラー越しに睨みつけて、

「無責任なこと言わないで。私が、どれだけ保険会社の連中に馬鹿にされたと思ってるのよ？　あんたたちの会社〈ボーン〉に」

と言った。伊佐は苦笑しながらも弁解する。

「俺はその〈ボーン〉とは無関係だよ。同じサーカムのグループ会社でも面識もないよ」

「信用できないわ。私は、あんたの言うことは一切信じないからね」

沙遊里は断固とした口調で言った。とりつく島もない。伊佐はあえて抗議をせずに、口をつぐんだ。

（無理もないんだろう――この少女は、俺だけじゃなくて、ほとんどの人間が誰も信じられないのだろうから――）

伊佐は、早見の所に来る前に一通り、この舟曳沙遊里という少女について調べていた。本人のいう〝女優〟という肩書きは間違いではないが、かなり微妙であるということもわかっている。

子役としていくつかの舞台に出たり、映画にも二本ほど出ているが、そのほとんどがお飾りのような〝ただ出てるだけ〟という役ばかりで、キャスティングした理由も単に父親のネームバリューを使いたいというだけのものだったようだ。彼女はそれらの現場のどこでも、亡父の未完の作品を完成させたい、という企画を出し続けていたが、誰も本気で聞いてくれなかったようだ。業《ごう》を煮やした彼女は、とうとう東澱家に頼るなどという、こんな危ない橋まで渡ろうとしている――そこまでこだわるのは、父

親に対する憧《あこが》れなのだろうか、それとも敵討《かたき》ちみたいな意識があるのだろうか――そこまで考えて、伊佐は少し厳しい顔になる。

その顔をミラー越しに睨みながら、沙遊里は口元だけで、にやりとしてみせる。

「でも信用はしないけど、利用はさせてもらうからね」

「怖い言い方だな」

「あんたがペイパーカットのことを多少知っているなら、私がどういう状況に置かれているか、わかってるでしょ？」

そう言われて、伊佐の表情がやや苦いものになる。

「――俺はまだなんとも言えない。予告状を確認した訳じゃないからな」

「でも、想像はつくでしょう？」

「…………」

伊佐は応えない。沙遊里はそのまま言葉を続ける。まるで他人事《ひとごと》のように、冷静な口調で、

「そう、今回の件では、私――舟曳沙遊里がもっともペイパーカットの犠牲者になる可能性が高い、ってね」

「――だから、なんとも言えない」

「ペイパーカットって、殺す相手にある種の傾向が見られるんでしょう？　どこか思い詰めたような、ひとつのことに集中しているみたいな、そういう相手を選んでいるらしいって。この場合は、まぎれもなく私よね、それ」

むしろ得意げな口調でさえある。

「だから、東澱家の保護を求めたってことなのか？」

「そうよ、そのつもりだったのに――だから最初に、こういうことになりますからご注意、ってつもりで、死んだフリまでしてみせたのに」

「相手が悪かったな。あの爺さんが相手じゃな」

「……あんたも東澱久既雄のことを知ってるの？

保険屋の分際で？」

「呼び捨ては失礼だろう。いくら偉くて歳が離れていても、一人の人間だぞ。企業名みたいに言うんじゃない。せめて、さん付けにしろよ」

伊佐は真面目《まじめ》な表情で、真面目に言った。しかし沙遊里は口先を尖らせて、

「……オッサン臭い、つまんない説教は聞く気しないわ」

と言った。しかし伊佐を軽く見ていた態度が少し変わったみたいだった。

車はどんどん静かな方へと向かって走っていく。沙遊里が黙っていると、男たちも特に何も言わずに沈黙ばかりが落ちている。ラジオも音楽も何も掛けていないので、ひたすらに静かである。

伊佐は運転に集中しているし、早見はいつものように、どこかぼーっとして腕を組んでいるだけである。この二人は全然会話をしなくても、平気で間が持っている。


「…………」

沙遊里だけが、やや落ち着かない様子で窓の外を見たり、手元をいじったりしている。やがて彼女は、ふう、と息を吐いて、

「――気にくわない。実に気にくわないわ。でもここは、賭けるしかないわね」

と言った。

「あ？　なんだって？」

早見が訊いたが、彼女は応えずに伊佐と早見を交互に見やって、

「私は、あんたたち二人に賭けるからね。あんたたちが、他の連中よりもマシだと思って、私のすべてを賭ける――だからあんたたちも、私に賭けなさいよ」

と言った。

「賭けるって、どういう意味だ？」

伊佐がそう訊ねたが、そのときにはもう彼女は返事をする状態ではなくなっていた。

かくん、と首が横に倒れて、瞼が閉じていた。

――眠ってしまっていた。

「おい――」

と伊佐が言いかけたところで、早見が「しっ」と人差し指を唇にあてた。

「眠らせてやろう。こいつ、昨日の夜からずっと寝ていないんだ。俺を警戒してな」

小声でぼそぼそと説明されて、伊佐も同じように声をひそめて、

「徹夜明けだったのか――それにしちゃ、ずいぶんまともに見えたが……気を張っていたのか」

「演じてたのさ。大した女優だろ？」

「俺たちを信じられなかったから、警戒していたのか。眠ってしまったらどんなことをされるかわからないから――しかしもう限界。これ以上は起きていられないから、覚悟を決めたってことか」

「賭けられちまったぜ、俺たち」

早見がにやりとしながら言うと、伊佐はバックミラー越しに、すっかり眠り込んでしまった少女を見つめて、そしてため息をついた。

「……車である程度移動して、そして尾行がないことを確認してから寝たな。俺たちが怪しいかどうかよりも、横からさらわれることの方をより警戒していたんだろうな」

「とことんまで考える――か。しかし」

早見は少し眉を曇らせた。伊佐も「ああ」と同意する。

「尾行されていてもおかしくない状況下で、それが一切ないというのは、あまり歓迎できない話だな」

「行き先はもう知られている可能性が高い――そういうことだ」

早見はむしろ、気楽な口調で言った。伊佐はますます渋い顔になり、

「そんなに価値があるものか？　しょせんは映画だろう？　それも完成しなかったってことは、色々と問題があったってことだろう？　なんでそんなもの

に、こんなに大勢が興味を持つんだ？」

「さあな。だが――いっさん、あんたも興味を持ちかけているみたいだな」

　早見に言われて、伊佐は渋い顔からやや硬直した顔になる。

　本気の顔になっている。

「人の生命と同じだけの価値があるもの、そういうものがあるとして、それは果たして〝物体〟だけなのか。たとえば一冊の本がそれだったとして、その場合、その中身の文章はどれだけ影響されているのか――死んだ子どもの日記とかならかけがえがないから、本と中身は同質だが、大量に刷られている小説本だったとしたら？　そして――」

「映画だったとしたら、か――」

　早見は頭をぽりぽりと掻《か》いた。

「昔の映画だったら、どんどん劣化するセルロイドのフィルムか？　最近だと画像データしかなかったりするな。ペイパーカットが盗むことのできる〝キャビネッセンス〟には、そういうものまで含まれるのかな？」

「……何も、わからないな」

　伊佐が押し殺したような声で呟いたところで、早見は妙に投げやりな口調で言った。

「なあ、いっさん――仮にあんたがペイパーカットを捕まえたとして、あんたはヤツを許せるかな」

「え？」

　伊佐はぎょっとした。それは思いも寄らない問いだった。

「……なんの話だ？　俺たちはヤツにまったく歯が立たないのに――許す？」

　訊き返したが、早見はもうそれ以上は何も言わず、沙遊里の方に目を移して、横に置いてあったバッグを開いてタオルを一枚取りだし、寝入っている彼女の小さな身体の上に被《かぶ》せてやった。

　車は刃ノ背岳へと向かって走っていく。

3

東澱奈緒瀬はきわめて不愉快だった。

「……これはいったい、どういう冗談なんですか？」

彼女の前に立っているのは、同じ獲物を争っているはずの相手のひとりだった。

「いや、僕は真面目に言っているのですが」

仮面のような無表情でそう言ったのは、千条雅人である。

「我々の所に非公式なルートで、とても信憑性《しんぴょうせい》に乏しい情報が入ってきたので、これをサーカムの正式な仕事として扱うことはできないのですが、あなたとも関係がないこともない話でもあるので、互いの協力体制を築き上げるという意味を含めまして――」

「ああああ、もう！　だから何が言いたいんですか！」

イライラして、思わず大声を上げてしまう。それは普段の彼女からしたら、極めて珍しいことだった。

〈東澱警備保障〉の代表職を勤める彼女は、世間では冷静沈着で非情な鋼鉄の女だと思われているのだ。もし動揺していてもそれを表には出さないと――しかし彼女はもう、この千条雅人に如何《いか》なる態度を取っても印象を与えられないことを知っている。つまらない虚勢は意味がないことを。だから彼女は、サーカムの二人組には少しだけ素直な感情を見せる。

……しかし千条はさておき、伊佐俊一にまで素直な顔を見せる必要はないのだが、彼女はそのことを今ひとつ自覚していない。

「なんなんですか？　いきなりやってきたかと思えば、訳のわからないことばかり並べ立てて――いつ我々が協力体制なんか築いたんですか？　ライバルでしょう？　そもそも伊佐さんはどうしたんですか？　なんであなたが一人で来るんです？」

　彼女は不機嫌だった。いきなり来られたことよりも、相手が一人で、コンビのもう一人がいないことの方がよほど不愉快なことであるかのように。

「そうです。それがこの話の重要なポイントでして。しかし僕は立場的にそれを明言できないので、そこはあなた方の言うところの〝察していただく〟ということをしてもらえばいいのではないかと」

「……ううう」

　前々から彼女は千条が苦手である。彼と話していると、彼が的外れなことをいう度に自分がつまらないことにこだわっている小さな人間であるような気がするのだった。しかしそんな苛立ちも千条の次の言葉で吹っ飛んだ。

「でも僕がある程度はヒントを提示しないと、あなたも判断のしようがないでしょう。そこで提案なのですが——昨日の、あなたの祖父の行動を調べてみるというのはどうでしょう？」

「……え？」

　彼女にとって祖父、東澱久既雄は神にも等しい崇《すう》拝《はい》の対象である。それに関係すると言われては平静ではいられない。

「どういう意味ですか、それは？」

　意気込んで訊ねても、千条はまったく変化を見せずに、

「だから僕はそれを教えられないのでして。しかしあなたもコネを持っている公的機関の動きからある程度は把握できるはず、ということぐらいは言えますね」

　奈緒瀬はもう千条を無視して、横にいた部下たちに昨夜の警察の動きで不審なところはなかったか調べろ、と命じた。その報告を待つ間、奈緒瀬は室内を落ち着きなくうろうろ歩き回る。それを千条は無表情で見つめている。

「ひとつ訊いていいですか」

「なんで歩き回っているのか、って質問なら答えないわよ」

「そうですか。では訊きません」

「……どうして伊佐さんは来ないんですか？　あなたを一人で野放しにするのって、あの人の責任放棄なんじゃないですか」

嫌味っぽく言ってみる。これに千条は少し首を傾けて、

「彼は責任は果たしています。これは言ってもかまわないと判断しますが、今、彼は友人と一緒に行動していまして」

と言った。回りくどい言い方だったが、奈緒瀬はちょっと嫌な感じがした。

「……友人って、それって、まさか――私も知っている相手ですか」

「判断はおまかせしますが、あえて否定はしません」

「もしかして、あのバカ兄貴――早見壬敦ですか？」

奈緒瀬は自分の兄を罵倒《ばとう》の上に呼び捨てにした。

「判断はおまかせします」

千条は淡々と言う。奈緒瀬がさらに訊ねようとしたところで、部下たちが慌《あわ》て気味に戻ってきた。

「大変です、代表――昨夜、御前の寝所に侵入者があって、その関係で警察が出動しています！」

「なんですって？」

奈緒瀬は顔を青くして高い声を上げてしまった。

「そんな――お爺様は無事なの？」

「それは問題ないようですが、不自然なのは侵入者と言っているのに、逮捕したのがその現場付近を撮影しようとしていたジャーナリストだけだということで――情報が統制されていて、はっきりとしません。時雄様の陣営にも動きがありませんでしたから、おそらく彼らはまだ知りません」

「統制って――じゃあ、お爺様御自身が秘密にしろってお命じになっているの？」

ているようで」

「いえ、それが、この件は牟田筆頭秘書が担当され

「準三郎おじさまが？　どういうことなの……？」

奈緒瀬は千条の方に視線を戻した。彼は話の内容に一切口を挟まず、ただ無言である。

「……知ってるわね、あなた」

「その件はサーカムにとってもデリケートな領域の話でして。しかしあなたが行動に移られるのを、僕が追跡するという形ならばなんの問題もありません。他の部署への報告義務を放棄したことにはなりません」

千条は淡々と、こんがらがった物の言い方をした。

「……よくわからないけれど、あなたたちは自分たちの厄介事《やっかいごと》をわたくしに押しつけているらしいわね」

「いえ、あなたが自分の判断で行動するだけですから、僕らの意志とは無関係です」

「……どうせやらないわけにはいかないだろう、って高をくくっているんでしょうね。なんか腹が立つわ——」

「あなたが自発的に行動する確率は、推定で六十二パーセントですから、断定するほどではありません」

「…………」

奈緒瀬はぐったりと椅子《いす》に座り込んだ。どっと疲れが出た。

（しかし、準三郎おじさまも苦手なのよね……バカ兄貴を引っ張り込んだのもおじさまでしょうね。あの二人、妙に仲良しだから——男同士で気持ち悪ったらありゃしない。でも、時雄お兄様にも知らせなかったというのは、私たちを試しているような気もする——どうすればいいかしら）

向こうから何も知らせてこなかった、ということはつまり、こっちが何をしてもとりあえず向こうは困らない、ということだろう。動くか動かないか

は、彼女の気持ちひとつにかかっている。

「………」

奈緒瀬はあらためて、千条を睨みつける。

「――腹が立つわ、まったく――文句のひとつでも言ってやらないと気がすまないわね」

「苦情ならば、いつでも――」

言いかけた千条の言葉を奈緒瀬は途中で遮《さえぎ》って、

「伊佐さんに直に文句を言ってやるわ。そしてこの面倒なロボット探偵さんを突き返してやる――！」

と強い声で言った。

「返すというのは、どういう状態で……」

千条が質問しようとしたときには、もう奈緒瀬は立ち上がって歩き出していた。

出遅れているのは間違いない――迅速な行動が必要だった。

4

「……この刃ノ背岳が、最も記録が残っている場所なんだ」

誉田紀一は、以前にもその土地に来たことがあった。基本的に『楽園の果て』関係の場所は学生時代に全部巡ってみたのだ。

「ここを舞台に、その監督は何を撮りたかったんだろうな？」

飴屋が静かな声で訊ねた。

二人が立っているのは、山の中腹に位置する登山道だった。道といってもそれほど整備されている訳ではなく、険《けわ》しい場所では岩肌に鎖《くさり》が一本渡らせてあるだけだったりする。剝き出しで、転落したらどこまで落ちるかわからない。

飴屋はその道のぎりぎりまで近づいて、平然とした表情で立っている。足下に視線を向けもしないで、空ばかりを見ている。

　風が下から吹き上がってくる。飴屋の銀色の髪が舞い上がる。コートの裾《すそ》がなびく。しかし飴屋自身は微動《びどう》だにしない。

　紀一はハラハラしながら、道の安全な方にへばりつくような姿勢である。

「ええと……だからあの映画はPっていう奇妙な人物を描くことになってて、それでそのPが、地元の人たちともめ事になって、ひとり山の中に入っていくってシーンがあったらしいんだ」

「ひとり山の中に――それは逃げていったということかな」

「いや、確か、そのもめ事っていうのが泥棒だと疑われたことで、それでその盗品は真犯人が山に隠していたんだ。それでPが山に行くと、追っ手やその真犯人やら、他にも色々な連中が追いかけてきて、一堂に会するっていう――」

「一堂に会して、何をするのかな」

「そう、その辺がうまくまとまらなかったみたいで――Pがその盗品を皆の前で壊してしまって、醜い人間関係が露《あら》わになるとか、隠していた場所にはなぜか何もなくて、みんなが殺し合いをするとか、誰かが横取りに成功して、逃げるそいつを皆が追いかけていくとか、たくさんの案があったらしい――でもとにかく、Pはその人々を上から目線で、超然と見おろしているんだよ」

「それはあれかな、監督自身を反映しているのかな。撮影現場で超然と、スタッフや役者たちを見おろしているというような」

　飴屋は少し皮肉っぽい言い方をした。

「それだとスタッフを馬鹿にしてるみたいだけど――でも確かに、それはそんな感じだったらしい。この映画は舟曳尚悠紀自身の人生を投影しているって」

「映画の中に魂を封じ込めたい、ということかな」

　飴屋がそう言ったときである。

すっ、と彼の視線が下へ落ちた。つられて紀一もそっちを見る。

そこには人影があった。三人――男が二人、少女が一人。

「……あっ！」

紀一は声を上げた。望遠レンズを付けたカメラを向ける。倍率を相当上げても、遠すぎて顔は判別できないが、体格からして少女はあの舟曳沙遊里だろうと思われた。二人の男には思い当たる節がないが、沙遊里は自由に動き回っていて捕まっている風ではない。むしろ二人を引き連れているように見える。

「どういうことだろ……？　確かにあの娘は、捕まっていたと思ったのに――」

二人の男は警察だろうか。そう言われればそんな気もするが、何か違う気もした。特に背の高い方がのそのそとした動きで、なんか野良犬みたいな歩き方をしていてまるで鋭さがない。


しかし、それにしても――

「で、でも本当に来たな。アメヤさん、あんたの言う通りだった。逃がしたと思った特ダネが向こうからやって来たよ……！」

つい興奮していると、飴屋は静かな声で、

「彼らだけではないな――我々以外にも沙遊里さんを追っている者がいるようだ」

と言ったので、紀一はぎくりとして飴屋の遠くを見ている視線をカメラで追った。

沙遊里たちよりもやや下の山腹を、男たちが登ってきていた。その足取りには迷いがなく、上の方に目標があるのを既に知っている様子だった。

その男たちの動作を見て、紀一は背筋が寒くなった。そういう動き方をする連中を彼は商売柄知っていた。それは暴力に慣れた連中の動きだった。

「や、ヤクザだぞ、あれ……！」

「どうやらあの三人が麓《ふもと》に残してきた車が一台しかないのを確認して、追いかけてきたようだね――もう獲物の数が自分たちよりも少ないことを知っているんだ」

「ど、どうしよう？　どうすればいいと思う？」

紀一がそう訊ねると、飴屋は彼の方に向き直って、

「君はどうしたいんだ？」

と逆に訊き返してきた。

「え――」

「スクープを得たいのならば、三人が襲われるところを撮影するのがいいだろう。映画のことを知りたいのなら、舟曳沙遊里さんを助けるべきだろう――しかし彼女が果たしてその目的を果たせるかどうかはわからない。可能性としては、スクープの方が確率が高い。助けたとしても、舟曳沙遊里が君のことを受け入れてくれるかどうかもわからないんだし」

「…………」

「選ぶのは君だ。彼らは君が、彼らのことを既に知っているということを知らないのだから、君の方が立場は上だ。君が、彼らの運命を上から見おろしているんだ――さあ、どうする？」

その声は淡々としていて、なんの含みも感じられなかった。

だがその内容は、なんだか――今の今までしていた会話の続きみたいだった。

（山に集まってくる人々を上から見おろしている――超然とした態度で……）

映画の主人公と同じ立場に、いつのまにか立たされていることを悟って、誉田紀一の身体が小刻みにぶるぶる震え始めた。それが混乱のせいか、恐怖のためか、あるいは興奮のあらわれなのか、彼は自分でも判別がつかなかった。

CUT/3.
Hirosi Midou

すてきな嘘をばらまいては皆に好かれ
本当のことを言っては世界中に嫌われ
――みなもと雫〈ビヨンド・パラダイス〉

1

刃ノ背岳には霧が出てきていた。

「おい、ミミさん。悪いがこの荷物を持ってくれないか」

伊佐がそう言うと、早見は首を横に振って、

「いや、いっさんに荷物を持ってもらうよ」

と言った。二人の会話に、ん、と沙遊里が眉をひそめて振り返ったところで、彼女の小さな身体は、ひょい、と後ろから持ち上げられた。

「わっ」

早見が抱き上げて、そして肩車する。そのまま歩き出す。早見が背負っていた荷物は地面に置かれていて、それを伊佐が拾い上げる。

「ち、ちょっと……」

沙遊里が抗議しかけたところで、早見は、

「おまえ早すぎるんだよ。先にさっさと行かれると、俺たちが追いつけないだろ」

と言った。

「ま、まあ……なら、しょうがないわね」

沙遊里はしぶしぶ、という調子で言った。

三人は、当面の目的地である山腹にある山小屋に向かっていた。かつてそこを舟曳尚悠紀監督とスタッフたちがロケハンの拠点として使っていたというのだった。

もともと人の出入りがほとんどない山であるため、その山小屋自体もずっと閉鎖されっぱなしらしい。

「別にその山小屋自体に、何かがある訳じゃないんだろう？」

伊佐が質問すると、沙遊里は早見の肩の上から、

「それはわからないわ。何かがあるかも知れない」

と答えた。すると早見が、

「それを言ったら、どこにでも何かはあるんじゃないのか。映画だろ？　極端に言えばカメラ回して撮

ったもの、全部映画になるんじゃないのか」

と、それっぽいことを言うと、沙遊里は鼻先で「ふん」と笑った。

「あんた、何も知らないでしょ」

「おまえは知ってるのか？」

「子どもだから、人生経験がないからわかるはずがないだろう、って？」

「だってろくに知らないだろう、色んなことを」

「あんたよりは映画のことを知っているわ。他のことは全然知らなくてもね」

「へえ、言うじゃないか。そんなに勉強したのか？」

「勉強なんかしないわ。しても意味がない」

「どういうことだ？」

「だって他の映画なんかいくら観たところで、それを自分の映画になんか使ったら、ただの盗作じゃないの。そんなものを人が面白がってくれると思う？」

「なるほど、一理あるような気もするな。でもどうせ世間の人間はそんなに映画を観てないだろうから、うまく盗作すれば良いんじゃないのか。バレないように」

早見の無責任な言葉に、伊佐が笑いながら、

「盗作だと映画の芸術性とかが汚されるんだろう？　俺みたいな凡人にはわからない話だが」

と言うと、沙遊里はますます馬鹿にしたような調子で、

「芸術性なんて本気で言っているのは、まだ自分たちが世界の中心にいると信じている没落貴族だけよ。そんなものはとっくに終わっているのに」

と断言した。早見と伊佐は思わず顔を見合わせる。

「……舟曳尚悠紀監督の作品は、芸術じゃないのか？」

「当たり前よ。誰が撮ろうと関係ない。映画は芸術なんかじゃない。一時間から三時間くらいの映像、

ただそれだけよ」

それはひどく投げやりな口調だった。言い慣れている感じがした。

「そいつは——」

早見が訊ねようとした、そのときだった。

ふいに眩暈《めまい》が彼の全身を襲った。

ぐらり、と身体が前のめりに倒れ込んでしまうような感覚にとらわれて、そして振り向くと——自分がそのまま、同じ場所に立っている。

感覚だけが暴走して、身体から飛び出してしまったような現象の中、停まった時間の中で〝その声〟だけが響いている——。

〝……映画ってのは、要するに一時間から三時間くらいの映像って、ただそれだけだから——〟

男の声だった。やや甲高《かんだか》くひきつったような、聞いたことのない声。だがそれは単なる幻聴ではなく、かつて彼の近くの人間が——つまり舟曳沙遊里が実際に耳にしたことのある声なのである。彼女の心の奥底に響いているその声が、早見には感知できるのだった。

他の人にはないこの、天からのお告げを聞く巫女《みこ》のような特殊な感覚のことを、早見壬敦は〈レイズィ・ノイズ〉と名付けている。

（自分ではコントロールできない、いつ発現するかわからないのが困りもんだが——）

物心ついたときからこの能力と共に生きてきたので、最近は慣れてきて一々動揺しなくなってきている。他人と違うことにくよくよ悩まないようにしているのだった。

奇妙な感覚は、始まったときと同様に、終わるときも唐突に、ぶった切れるようにして終わる。

「——大雑把《おおざっぱ》だな」

という声がひどく近くから聞こえてきて、それはさっき言いかけていた自分の言葉の続きなのだった。何を言っていたのか忘れているので、いつものときには多少面倒くさい。ええと、なんの話をしていたっけ——と思いだそうとしていると、頭の上から沙遊里が、

「——しっ、黙って」

といきなり言ったので、話の辻褄《つじつま》については考えなくてもよくなった。

「————」

彼女は鋭い目つきで、霧に包まれた山の風景を見回していた。

何かを探している——インスピレーションを生み出すきっかけとなる光景を探しているのだろうか。

舟曳尚悠紀監督は、なにを撮ろうとしてこの山をロケハンしていたのか、その理由を探しているのだろうか。

（しかし、この少女——）

早見は考えている。さっきの映画がどうのこうのという言葉は、およそ子どもに言えるようなものではない。誰かの受け売りなのだ。それはつまり、父親の受け売りということになるのだろう——しかし以前にテレビで舟曳監督が喋《しゃべ》っているのを早見は観たことがあるが、今の声には全然似ていなかったように思う。では、誰の声なのだろうか？

（その頃はまだごく幼かったはず。それで言葉としてはっきり記憶に残っているというのは——）

その言葉が〈レイズィ・ノイズ〉の異音として聞こえるほどの深さで心に刻み込まれているというのは、一体どういう状況で聞かされた〝言葉〟なのだろうか？

（それが、未完成映画の内容の解明への、異常な執念につながっているのか……？）

早見が考え込んでいるのを、その横で伊佐が見つめていた。

彼は、自分の友人に特殊な能力があることなど無論知らない。だが彼が時折、ふいに直感的に何かを悟ってしまうことがあるのには気づいている。

（ミミさん――何か勘づいたな）

そう感じた。しかし問いただしたりはしない。今の状況ではどうせ何を説明されても判断のしようがないだろうと思った。早見を信じていればいい。

三人は無言のまま、ゆっくりとした足取りで山を登っていき、数十分後には問題の山小屋についていた。

「山小屋っていっても、ログハウスじゃないんだな――プレハブみたいだ」

伊佐がまずその扉に手を掛けた。鍵はなく、スライド式の扉は横に開いた。誰でもいつでも利用できるようになっているためだろう。

中はなにもなく、ただがらんとしていた。風雨は防げるが、特に遭難時の非常用設備などがあるわけではない。暖房になりそうなものもない。

ただ防水シートが畳まれて、隅の方に積まれていた。土埃《つちぼこり》が上に積もっているので、広げるのはやめた方が良さそうだった。

「ここで寝泊まりしてたのか？　舟曳監督たちは」

早見は沙遊里に訊ねた。彼女はうなずいて、

「ここだけじゃなくて、同じような山をさんざん探した後で、ここが一番見込みがあるって、一カ月くらいキャンプしていたのよ」

「四週間もか？　いったい何をしてたんだ？」

早見は呆《あき》れた調子で声を上げた。

「撮影場所を探すにしても、そんなに時間は掛からないだろう。何人くらいで来てたんだ？」

「カメラマンやら役者やらが入れ替わり立ち替わりで、一度には二人くらいだったって。でも監督だけは、ずっと居続けたって」

彼女は建物の壁を撫《な》でながら、ゆっくりと歩き回っている。

「証言によると、せっかく来ているのに、ここに閉じこもったまま外に出ない日もあったって――」

「それじゃ、ロケハンというよりも構想を練っていた、って感じじゃないか？」

伊佐は首をひねっている。

「映画のことはよくわからないが、そんな余裕があるものなのか？」

「昔の大御所になると半年ぐらい温泉宿に泊まって脚本を書いてたっていうけどな――」

言いかけて、早見は少し考える顔になる。

「――ていうか、未完成っていうけど、脚本自体はできてたのか？　確か舟曳監督の映画って、本人が脚本も書いてるんだろ？」

そう訊ねたが、沙遊里は、

「………………」

と答えないで、壁ばかり見ている。つい今の今まで色々と語っていたのに、急に黙ってしまう。

じっ、と壁の同じところばかりを見つめている。

「なんだ、どうした？　そこに何かあるのか？」

早見と伊佐もそこに寄っていく。すると壁に落書きがあるのがわかった。


〃風景がキャビネッセンスであるなら、複数の人間が一度に死ぬ？〃

そう書かれていた。伊佐の顔が強張る。

「……なんだこれは？」

「考えていたことを、あちこちに書き散らしていたみたいだな。画鋲《がびょう》の跡《あと》がある。べたべたメモを貼っていて書き込んだりしてたのが、はみ出したんだろう」

「……どういう意味だ？　風景って――いや、やはり単に映画の制作ってだけじゃなかったぞ、こいつは――ペイパーカットの研究をしてたんだ。映画は口実だったんじゃないか？」

伊佐の声はうわずっていた。興奮――いや、戦慄《せんりつ》が混じっていた。

「監督の死因にはおかしなところはなかったというが、本当にそうなのか？　もしくは、彼がどこかから予告状を入手していたのだとすれば、そのときに死んだ人間が周囲にいなかったのか？　ひょっとして――」

「おい落ち着け、いっさん」

早見が伊佐の肩を掴んだ。

「あんたは色々知っているから、この文に意味を見出しているが、そいつだけ見るとまったく整理がついていないぞ」

「し、しかし――」

「ここでの『キャビネッセンス』という言葉の意味がなんなのか、これだけだとわからない。あんたたちが使っているような意味なのかどうか、それさえわかんねーだろ？」

「う――それは、そうだな」

伊佐は少し冷静さを取り戻した。

「そうか、それに――こいつはもうサーカムの別部門の連中が調べ終わっているって話だったから、この落書きなんかもとっくに発見されているはずだったな」


そう言いながらも、伊佐はなおも建物の中をきょろきょろと見回して、そして積んであった防水シートに手を伸ばして、埃が身体につくのにもかまわずにそれを横にどけて、壁から離した。

するとその下から、かすれた文字がまた出てきた。床の上に書かれていた。

隅っこの、目立たないところに、こっそりと――

ヒライチ　たすけてくれ

と震えた字で記されていた。生々《なまなま》しい感情が筆跡に表れていた。あきらかに怖がりながら、書いている――

これを見て、伊佐だけでなく早見の顔もさすがに引きつった。

「……床に書いてるってことは、寝ているときに書いたんだ。みんなが寝静まっているときに、一人でこっそりと暗闇の中で、震えながら書いた――」

「ほとんど不安神経症って感じだ。相当に追い詰められていたから、こんなものを書いたんだろう――でも」

伊佐は眉をひそめた。

「ヒライチって誰だ？　そんな名前が関係者リストの中にあったか？」

「あだ名じゃないのか。名字《みようじ》と名前をくっつけた、みたいな――」

と早見が言いかけて、そこで彼は気づいた。

しまった、と思った。

「おい――沙遊里ちゃんがいねえぞ！」

いつのまにか、あの少女はひとりだけでどこかに行ってしまっていた。

2

「くそ、まだ登るのかよ？」

田辺利雄《たなべとしお》は革靴を履いていたので、足がだんだん痛くなってきていた。

吉岡組配下の野辺《のべ》組の中でも幹部クラスである彼は、いつもならばソファにふんぞり返って、若い奴らを走らせていればそれで済む立場である。すっかり身体はなまっている。それが突然に山歩きをさせられることになろうとは思ってもいなかった。

「この道は緩《ゆる》い方だ。それに山小屋まではずっとこうだから、楽なものだ」

横から鋭い声で言われる。ちら、と見ると呼吸ひとつ乱さず、汗ひとつかかないでいる御堂比呂志の姿がある。その足取りは実に軽快だ。

（くそ、この元俳優――ほんとにウチの大親分と同い歳なのかよ？　信じらんねえぜ……）

田辺がそう考えていると、隣の部下も同じことを思っていたようで、

「……あいつ、マジで爺さんなんすか？　歳サバ読んでんじゃないすか？」

と言ってきた。ばかやろサバ読むってのは若く言

うもんだ、と注意してから、

「……とにかく、あのお方は吉岡の親分とは対等の立場なんだ。失礼があったらおまえ、指つめるだけじゃすまねえぞ」

「は、はあ――そんなもんすかね」

若い部下たちは今ひとつ納得できていないようだった。田辺も本音では彼らと同じ意見だが、しかし何かあったら責任を取らされるのは彼なので、真剣にならざるを得ない。主家《しゅか》の親分から直々に「御堂の言葉は俺の言葉だと思って、なんでも協力しろ」と言われてしまっては下手《へた》を打つ訳には行かない。

「で、俺たちはとにかくその娘の身柄《ガラ》おさえちまえばいいんですよね」

「そうだ。邪魔するヤツは叩きのめしてかまわんそうだ。いても二、三人てとこだから、俺たち十人でかかればどってことねえ」

「あいつも手伝ってくれそうじゃないですか。だったら十一人ですよ」

「だから、あいつとか言うな――」

田辺はちらちらと御堂の方を窺《うかが》った。彫りの深い顔立ち、細く引き締まった体格、見栄《みば》えはいい。しかし芸能人にありがちな自己陶酔をどこにも感じない。しかし誰にも舐《な》められないという強い自信は感じる。

(むしろヤクザに近い――つうか、力士とか野球選手に似ているのか?)

商売柄、交流のある人間の中で似たタイプを探すとそういう感じがした。しかも一流の連中に、である。一瞬でケリがつく真剣勝負に慣れている雰囲気があった。

「そろそろ近いぞ――ああ、諸君」

御堂はよく通る声でヤクザたちに話しかけてきた。

「これが成功すれば吉岡から君たちに相応の褒美《ほうび》が与えられるだろうが、それとは別に私の方からも報酬を出すよ。現金で、上に報告しなくてもいい金を」

　そう言われて、皆の眼がぎらりと光った。ヤクザの世界は基本的に搾取《さくしゅ》社会だ。下の者は上の者に常に収支を監視されている。その厳格さは税務署の比ではない。もし誤魔化《ごまか》しがあったら――いや、誤魔化しは必ずある。そもそもそういう気質《たち》でなければ人はヤクザになどならない。問題はバレてしまったときである。これは大変なことになる。通常の上納金に数倍する額の金を納めなければケリはつかない。指を詰めて責任を取るなどというのはドラマなどで創《つく》られた幻想だ。現実には、金の始末は金でしかつかない。

　それをこの御堂は、上にピンハネされない金を出してくれるというのだ。秘密を共有する――これで彼らは、吉岡組からの命令ゆえにではなく、御堂自身に対して仕えるという意識に、我知らず変わっていた。

　若い連中は素直に欲を剝き出しにしてニヤついているが、田辺は少し恐ろしくなった。この御堂の気の利《き》き方は素人《しろうと》ではあり得ない。ヤクザよりもヤクザらしいくらいだった。チンピラの扱い方に慣れすぎだろうと思った。

（映画監督でもあったっていうが――監督ってのは、ちょっとした〝親分〟みたいなもんなんだろうか）

　そんな風にも思った。

　そうして彼らが、目的地である山小屋の近くまでやって来たときだった。山は霧が出てきていて、見晴らしは悪くなっていた。

　その霧が風に流されて、薄くなったり濃くなったりする――その向こう側で、なにかがゆらめいた。

　最初は、それとわからなかった――そういう気配をしていなかった。

　だが、数秒後には霧が晴れていき、それが明らかに人の形をしていることがわかった。

「ひ――？」

とヤクザの一人が悲鳴のような声を上げたのは、それが霧でかすんで、まるで幽霊のように見えたからだった。

小さな人影――かすかに身体を左右に揺らしながら、立っている。微風と、その生ぬるい気温までも感じさせる。

別に顔は隠していなかったから、すぐにわかった――舟曳沙遊里だった。堂々と彼らの前に姿をさらしていた。

「〝追ってきたね――〟」

彼女はそう言った。それは彼女の声というよりも、少年のような声であった。

あれが標的――と田辺が一歩前に出ようとしたところで、御堂がそれを制した。

自らが、すっ、と皆の前に出る。

そしてそこから〝変わる〟……背がやや前のめりになり、全身が妙に震え始める。口を開いて、そこから言葉が洩れ出す。

「〝……逃がすものか。おまえに盗られたものを取り返すまで、決してあきらめないぞ〟」

その声を聞いて、ヤクザたちは面食らった。それは今の今まで喋っていた御堂比呂志の声ではなかったからだ。演技している――役に入っている声であり、雰囲気であり、表情だった。

一瞬で切り替わっていた。そしてその脚本の中の役の人物になりきった御堂に向かって、沙遊里の方も少年のような声で、訊ねる。

「〝何が盗まれたのかもわからないのに？〟」

「〝おまえが消えた後、あいつは死んでしまった。それで充分に理由になる。おまえを憎む理由にな〟」

二人の言葉にはまったく迷いがなかった。文章を暗唱《あんしょう》しているだけのはずなのだが、とてもそうとは思えなかった。そういう人生をこれまで送ってきて、その流れの中で喋っているようにしか思えなかった。

「〝ぼくが憎いのかい〟」

「〝憎いとも。憎んでも憎んでもあきたらない。おまえがいなければ、俺たちは――〟」

「〝どうなっていたと？〟」

沙遊里は、まったく別の誰かの顔をしながら訊いてくる。御堂も同様に、別の誰かの顔つきで返答する。

「〝平穏無事に、何事もない生活を続けられていたんだ〟」

「〝何事もない、か。しかしそこから出たいと言い出したのは君たちじゃなかったのか。退屈なつまらない生活から抜け出したい、と考えていたんじゃなかったのか〟」

沙遊里がなりきっている人物は、すべてが他人事のような言い方をする。どんなものにも等距離で、関心と無関心の中間に常に位置しているような、何の拠《よ》り所も感じさせない声であり、眼をしている。

それに対して御堂が演じている人物は、落ち着かず、何も信じられず、追放されたような表情をしていた。追っ手のはずなのに、彼の方が罪人のようだった。

「〝俺たちは愚かだった。何もわかっちゃいなかったんだ――〟」

「〝いや、それは嘘だね。君たちは知っていた。危険を承知していた。危険だから足を踏み入れてきたんだ。もし危険を知らなかったら、君たちはぼくに近寄っては来なかった〟」

「〝それは――騙《だま》されたんだ〟」

「〝君たちはどうせ、ありとあらゆる者たちに騙されているし、他の者たちを騙しているんじゃないのか？　この世の基本は騙し合い、それが人間の世界なんじゃないのか？〟」

突き放したものの言い方で、まるで自分はその世界の中にはいないような冷たい言い方である。これに対し、

「〝だからおまえもそうしたというのか？　俺たちを――〟」

という声は震えていて、不安と苛立ちに満ちていて、心臓が剝き出しになっているかのような痛々しさに満ちている。しかし沙遊里の方はそれにまったく引きずられずに、冷徹そのものだ。

「〝むしろぼくを騙そうとしたのは、君たちの方だろう？　最初に問題ないと言ったのは君だったよ。忘れてしまったのかな〟」

「〝あれは——〟」

「〝生命と同じだけの価値のあるものがなんなのか知りたい、と言い出したのは君たちだったよね〟」

「〝まさかと思ったんだ。ほんとうに人が死ぬなんて——〟」

「〝それも嘘だろう？　君たちは死んで欲しい相手のをまず知りたがった。それは何故《なぜ》だい。そう、君たちは『まさか』でなく『あわよくば』を考えていたからだ〟」

「〝俺たちのせいだっていうのか？〟」

「〝不思議なものだね。君たちは生きている。生命を既に持っている。なのに君たちは自分たちが生きているということを、その理由を外に見つけたがるんだね——生きているだけでは満足できないんだ〟」

「〝うるさい、うるさいうるさい！　いいから俺たちから盗んだものを返すんだ！　持っているのか？隠しているのか？〟」

「〝何が欲しいんだい、今は〟」

「〝だから——盗んだものを、だ……〟」

「〝何を盗まれたのか、それを言ってくれないかな。正直なところ、ぼくには何が君たちにとって大事なものなのか、区別がつかないんだよ——君たちは、何を求めているんだろう〟」

「〝俺たちは——〟」

「〝何が大切なものか、人に言われなければ自覚できないんだね。それが君たちの限界、かな——〟」

　霧がふたりの間に流れ込み、互いの姿が薄れて見えなくなり、そしてすぐに晴れていく。そして鮮明になったときは、もう——戻っていた。

傾斜の上に立っている少女は、無駄に偉そうで生意気そうな顔をした少女でしかなく、それを見上げているのも、自信と確信に満ち満ちて凄《すご》みのある禿《とく》頭《とう》の男だった。

3

「ふ――」

御堂の口元には笑みが浮かんでいる。

「シナリオ第三稿の断章の七節か。あのシーンはカットしないと判断したのか？　それにしても、ずいぶんと抽象的で影の薄い主人公Pだな。そういう解釈だと泥臭い前半はもたないいんじゃないのか」

「あんたならもっとうまく演《や》れるって？」

「それはそうだな」

「そうとは思えないけど。だいたい断章って、あれはそこだけを残して、後は全部破棄ってことじゃないの？」

「なるほど、その解釈も成り立つな。未熟なりに色々と考えたとみえる」

「あんたの追跡者の演技だけど、中途半端だわ。怒っているのか、焦っているのかわからない。しかもあの役で一番大事な迷いが欠けている。使えないわよ、あんなんじゃ」

沙遊里はあくまでも、上から目線でしか話さない。

御堂の方も、孫ほどに歳の離れている小娘にそんな態度を取られているのに、そのこと自体にはまったく腹を立てている様子がない。余裕たっぷりにニヤニヤしている。

「おまえはおまえなりの方法で、作品に近づこうとしている訳か。どうするかな――このままおまえを泳がせた方がいいのかな？　しかし根本的なところで間違えている感もある。混乱を呼ぶだけの可能性も高い。余計なことをされる前に、やはり捕まえてしまった方がいいのかな――どうするか……」

指先で顎《あご》をいじりながら、上目遣《うわめづか》いに沙遊里を見つめている。それは人間を見ているというよりも、絵画を眺めてその善《よ》し悪《あ》しを判定しているようだった。

　すると沙遊里は御堂から眼を逸《そ》らして、彼の後ろに控えているヤクザたちに視線を向けて、

「そこの連中――どうせ吉岡組の傘下《さんか》でしょ？　言っとくけど、私のバックには東澱がいるから、下手に手を出すと火傷《やけど》するわよ」

　と言い放った。田辺はその名を聞いてぎくりとしたが、若い連中は直接その名に遭遇したことがないので、きょとんとしている。なんだそれ、という感じだった。そこで御堂が、田辺だけに即座に、

「あれは嘘だ――東澱に協力してもらおうとして、門前払いを喰らっただけだ。もう確認している。問題ない」

　と言った。そう言われてしまうと、部下がビビッていないのに自分だけ怯んでいる訳にもいかず

「お、おう」と厳《いか》つい顔をしてみせる。

　せっかくの脅《おど》しがまるで通用しない――沙遊里の表情は、そうなってもまったく変化しなかった。

「はっ――頭の悪い連中だわ」

　と不敵そのものの態度を一切崩さない。田辺はさすがに、この少女が気味悪くなっている。さっきの訳のわからない科白のやりとりもそうだが、何を考えているのか全然わからない。ただのガキではあり得ないが、その奇妙さの底が知れない。たとえば親分の子どもはでかい面をしている。それは親の権力があって周囲の者たちがちやほやするからだ。この娘、頭はいいのだろう。しかし子どもはいくら頭が良くても大人に褒めてもらえない限り、それで威張ったりはしない。親より頭がいいと殴られたりする子どもは少なくない。そう、幼少期の彼自身のように――だから子どもの頭の良さというのは結局、要領の良さ、大人への媚《こ》び方に長《た》けるというような方向になりがちだ。

（しかしこのガキは、まったくその逆——なんなんだ、こいつの根拠は……？）

　田辺が内心、ひどく混乱していると、いつのまにか沙遊里が彼のことを見つめている。なんだ、と思ったときに、彼女はややからかうような表情になって、そして言う。

「ねえ、あなた——その気持ちって、なんていうか知ってる？」

「え？」

「それってねえ——〝恋〟っていうのよ。あなたは、私のファンになりかけてるってわけ」

　そう言ってウインクして見せた。

「な、なな——」

　田辺は面食らった。何を言ってるんだ、こいつは——と思った。するとそこで御堂が、

「もういいだろう、捕らえろ」

　と静かで断固とした口調で言った。若いヤクザたちはその指示を待っていたので、一斉《いっせい》に飛び出していく。田辺は一瞬とまどったが、すぐにその後を追う。

「ふふん——」

　沙遊里はヤクザたちが迫ってきているのに、逃げようとしない。そのままその場に立っている。

「もういいのはこっちも同じ——もう用はないわ」

　彼女がそう言った、そのときだった。

　ふいに彼女の背後から、ばっ、と黒い人影が飛び出してきた。

　二人いて、そのうちの背の高い方がたちまち沙遊里の身体をつまみ上げて、そして肩車をして走り去った。

　早見壬敦と、伊佐俊一だった。

　彼らは山道を横に逸れて、道のない傾斜を滑り落ちるようにして逃げていく。

「あっ！」

　ヤクザたちは突然のことにとまどったが、すぐに彼らを追おうと方向を変える。しかしまともな山岳

装備の靴を履いていないため、ややぎくしゃくしてしまう。だんだん離されそうになったところで、御堂が、

「銃を使え――男たちの方なら撃っていい」

と冷たく言った。

その言葉を待っていた、とばかりにヤクザたちは懐《ふところ》に隠し持っていた拳銃を抜いて、三人に狙いを付けて、発砲した。

銃声が山に響きわたる。

最初の弾丸は外れたが、二射、三射とだんだん狙いが定まってくる。もう当たる――というところまで来て、上の方から何かが聞こえてきた。

から、からから――と小石が降ってくる。

山の上を見上げた彼らの顔が、そこで引きつった。

岩が、彼らの上に転げ落ちてきたのだった。

「――うわっ！」

あわてて彼らはその場から逃げ出した。岩はひとつだけでなく、五つか六つくらいの連続で落下してきた。

がん、ががん、がががん――と岩は跳ねながら彼らの横を通過し、そしてさらなる下へと転がっていった。

そのあいだに、舟曳沙遊里たちの姿はどこかへと消えていた。

「な、なんだ――銃声が響きすぎたのか……？」

ヤクザたちはなんとも煮え切らない表情になっていた。その中で、御堂比呂志は厳しい顔をしていた。

「今の、あいつ――伊佐俊一だったな」

そう呟いた。さほど意外そうでもない響きがそこにあった。予想の範囲内、という風に。

「面倒なことになってきた。早めにケリをつけなければ――」

＊

そして、山のさらに上の方では、茫然とした表情で立ちすくんでいる誉田紀一の姿があった。

むろん、今の落石は彼がヤクザたちめがけて突き落としていったものである。舟曳沙遊里たちを銃弾から守るために、とっさに——それまでずっと様子を窺っていたので、ばっちりのタイミングで落とせたのは当然だった。

「——い、今……俺……」

紀一は自分が信じられなかった。岩を落とせば、あるいは誰かが死ぬだろうということは充分にわかっていた。それでも、彼は岩を落とした……しかも相手はヤクザだ。バレたら彼の生命も危ない。それなのに——。

「今のを見て、君はどう思った？」

横からそう訊かれる。

飴屋が、彼の横に立っている。

「い、今の——」

「今の、あの少女と老人の対面を見て、何かを感じたんだろう？　心を動かされた。だから自分でも思いがけない行動を取った。そういうことなんだろう？」

「そ、それは——」

「私にはわからないが、今の二人の対話が、君の求める映画の中にあるのかな」

「……わからない」

紀一は弱々しく首を左右に振った。

「わからないけど……でも、なんか本物って気がした。俺の知っている舟曳尚悠紀が、いかにも撮りそうなシーンだ、って……そう感じた——」

紀一の身体はぶるぶると震え始めていた。あの二人のうち、どちらに感動しているのかはわからない。しかし彼は、もう自分は逃れられない位置にまで踏み込んでしまったのだ、ということがわかっていた。

今見たものを忘れて、何喰わぬ顔をして以前の生活に戻ることはできないだろう。今ちらりと彼の前に見えた〝可能性〟が、彼の心の奥に深々と突き刺さっていた。それを抜くためには、より明確な形になったイメージを見なければ収まらないだろう。

どちらに味方するか、というようなものではなかった。あの二人が対立していることが、彼にイメージをもたらしたのは間違いない。

（そうだ――もっと対立してくれれば、さらに――）

既に銃器まで出てきて、人死にが出てもおかしくない領域にまで入り込んでいるのに、紀一はそのことにはほとんど恐怖を感じていなかった。

見開いた眼が、かすかに血走っている。そしてそんな彼のことを、飴屋は静かに見つめている……。

＊

「無茶しやがって――」

走って逃げながら、早見は沙遊里に文句を言った。

「俺たちが間に合わなかったら、あいつらに捕まっていたぞ。なんで一人でふらふら出歩いたりしたんだ？」

「必要だったのよ、御堂比呂志の真意を確かめなきゃならなかったんだから、仕方なかった」

まったく悪びれないで言い返す。

「それに、あんたたちに賭けたからね。きっとぎりぎりで駆けつけるのが間に合うだろうとも思っていたし」

「人を便利な道具みたいに使いやがって――」

早見は苦い顔をしているが、伊佐は少し笑っている。

「まあ、ここまでやるなら、俺たちの方もおまえに遠慮なく接していい、ってことだろう——もうお姫さま扱いはしないぞ」

そう言われて、沙遊里の方も「ふん」と鼻を鳴らして、

「あんたが本気なのはわかってるわ。お互いに目的を達せられるように努力しましょ」

と、しれっとした口調で言った。早見はますます渋い顔になり、

「ほんっとに生意気なガキだな——それで？　次はどこに行くんだ？」

と訊ねると、沙遊里はうなずいて、

「山と来たから、次は海でしょ」

と当然のように言った。

CUT/4.
Naoyuki
Hunahiki

愚者のフリをして愛しい人をだまして
手に入るはずの満足をどこかでなくす

——みなもと雫〈ビヨンド・パラダイス〉

1

多々良純夫は緊張の極みにあった。

「あー、えーと……」

ポケットから煙草《たばこ》を取り出そうとして、持っていたものは全部取り上げられていたことに気づく。すると横に立っていた黒服の男が、その煙草の箱を差し出してきた。

「あ、ああ……どうも」

受け取って、一本出して、火がないことに気づいたときにはもう、別の黒服の男がライターを点火して差し出している。

「ど、ども。はは、なんかこれってヤクザの兄貴みたいだな」

愛想《あいそ》笑いを浮かべながら、煙草を吸って、吐く。思ったよりも大量の煙が出て驚く――その煙がテーブルの向かい側に座っている女の近くまで流れていき、それを手でぱっぱっ、と払われる。

「あ、ああすいません――」

多々良が焦ると、その女――東澱奈緒瀬は無表情で、

「いえ、気にしませんから」

と冷たく言った。その鋭い視線に、多々良は竦《すく》んでしまう。

警察に勾留《こうりゅう》されていた彼が何故、今、この皆が恐れる東澱家の後継者候補の前にいるのか――彼にもよく理解できなかった。

「ええと――それで、あの、東澱さん……?」

「宜《よろ》しければ、奈緒瀬、とお呼びになってもかまいませんよ。別にわたしくは東澱一族を代表する者ではありませんので、他の者と区別がつくでしょう?」

そんなことを言われる。とても逆《さか》らえない雰囲気だった。

「じ、じゃあ奈緒瀬さん――その、ありがとうござ

います。身元引受人になっていただいて」

　不審者として警察に捕らえられた彼は、記事にするためにあえて誰も呼ばずにわざと尋問を受けようとしていたのだが、このお嬢様が外側から出すように手続きしてしまったのだ。そしてそのまま彼女のところに連れてこられた——やはりこの件に東濶が関係しているという彼の読みは正しかったが、まさかその中心人物のひとりが直に出てくるとは予想外だった。

　しかし、これは——多々良の指先が小刻みに震えだしていた。

　そんな彼の様子を、奈緒瀬は氷のような眼で見つめている。

「あ、あのさ、奈緒瀬さん——俺がなんで捕まったのか、あんたはその理由を知っているのかな」

「そうですね」

「実は俺は、なんでなのかその理由をはっきりとは知らないいんだ。確かにスピード違反で車を走らせてたけど、それだけでいきなり捕まるってことはないだろ？」

「なるほど」

「それに捕まえた連中も、俺が何をしたのか全然言わなかったんだよな——これもおかしいよな。自供しろとか全然ないんだ。で、少し考えたわけだが——」

　ちら、と上目遣《うわめづか》いに奈緒瀬のことを見る。彼女の表情に変化はない。

「俺が張ってたホテルから、子役の娘が出てきたんだよな、で、パトカーに乗せられていって、それを追いかけてみたんだが——それで捕まったのは、あの娘が何か関係あるんだろう。どういう関係かな」

「…………」

「いや、俺が狙っていたネタは全然別の芸能人のものので、あの娘が出てきたのは完全に予想外だったんだが、あんな小さな子が、あんな高級ホテルになんの用があったんだろうな。誰かに呼ばれたのかな。

あそこに泊まっていた誰か、偉い人に――そいつはいたいけな小さな女の子を夜中に呼び出して、何をするつもりだったのかな、とか――」

多々良は喋りながら、ずっと指先が震えている。

「……誰が泊まっていたのかな、って思うんだよな。よっぽどの大物じゃないかって思うんだが――」

ちらちら、と奈緒瀬のことを見るが、まともに正面から彼女の視線を受けとめきれずにすぐに眼を落とす。

奈緒瀬はそんな多々良に向かって、いきなり、

「東澱の者が少女買春をして、警察沙汰《ざた》になりかけていたと思っている?」

と訊き返した。多々良は言い切れなかったことを相手からズバリと言われて口ごもった。

「いや、まあ、それは――」

「それで、あなたとしてはどうしたいのですか」

奈緒瀬は静かに問いを重ねる。これに多々良はどう言ったものかと迷っている。

(……じれったい男ね)

奈緒瀬は顔には出さないでいるが、多々良の話に心底苛立っていた。

この男はどうやら何か勘違いしているようだったが、彼女の方からそれを正すべきかどうか考えどころだった。馬鹿は馬鹿のままにして、こっちの知りたいことだけ吐いてくれればいいようにも思う。

そもそも彼女がこの男を警察から引っ張り出す判断をしたのは数時間前のことになる。

＊

「とにかく、わたくしたちは自分たちが把握できるところから始めましょう」

奈緒瀬がそう言うと、横から千条が、

「自分たちというと、東澱家の手の届くところとい

うことですか。しかしそうなるとほぼこの国中ということになりますが、そこからどうやって絞りこむつもりですか」

と訊いてきた。奈緒瀬は少し顔をしかめて、

「あのですね、千条さん――一々疑問に思ったことを口に出すのはやめていただけませんか？」

と文句を言う。すると千条はまた、

「別にあなた方が私の疑問に回答してくださることを期待しているわけではありませんので、お答えになりたくないときは無視してくださってかまいません」

と馬鹿丁寧な口調で言う。奈緒瀬は眉間の辺りをぴくぴくと引きつらせて、

「――黙ってろ、って言ったつもりですけれど？」

と強い声を出した。これに千条は首を傾《かし》げて、

「もしかして、怒っていらっしゃる？　その理由がわからないのですが」

と訊いてきた。奈緒瀬は「あーっ」と呻いて、

「……わたくしは伊佐さんではないので、あなたの言うことに細《こま》かく応じてはさしあげられないのです。いいですか、わたくしは東澱奈緒瀬で、伊佐俊一ではありません、そのつもりでわたくしに接していただきたいのです」

と、つとめて冷静に言おうとしたが、その声は苛立ちで少し震えている。

千条は右に傾けた首を、今度は左に傾けて、

「……そう言えば、伊佐にも同じことを注意されていました。みんながみんな、俺と同じように応じてくれる訳じゃないから気をつけろ、と。こういう状況になるということですね。理解不能の軋轢《あつれき》が生じると。わかりました。お詫びいたします」

と頭を下げた。奈緒瀬は「はーっ」と息を吐いて、

「……わかっている訳ではなさそうだけど、黙ってもらえるならなんでもいいわ」

と頭を振って気持ちを切り替えた。

「でも、確かに――わたくしたちが手の届く範囲は広い。最初の一手を間違えると遠回りになる。ここは確実なところから行くしかないわね」

　奈緒瀬は少し考えてから部下に向かって、

「その問題の、警察に捕まっているっていうジャーナリスト――そっちから当たってみましょう。警察ならばわたくしたちにとっても一番近いのだから」

「そいつの周辺から調べますか」

「いや、そんな面倒なことはやめて、そいつ本人を押さえる方が早いわ。身元引受人を立てて、釈放させてしまいましょう」

「しかし、仮にも御前の寝所に侵入した者の関係者ですよ。拙速すぎるのでは」

「その辺はもう準三郎おじさまが片を付けてしまったはず。そいつ自身には害はないと思うわ。もしもあるのならば、わたくしたちのところで」

　奈緒瀬はためらいなく次の言葉を言った。

「始末を付けるだけよ」

　それを聞いても部下たちも顔色ひとつ変えずにうなずくのみだ。

「わかりました。さっそく手を回します」

　奈緒瀬たちはてきぱきと行動の予定をまとめていく。それを千条はぼんやりとした無表情でただ見つめている。しかしやがて、唐突に、

「これまでのお話の中で、ひとつ可能性が見逃されていますので、それを提示したいと思いますが」

　と口を挟んできた。全員が彼の方を見る。千条は彼らの返答を待たずに、言葉を続ける。

「今回の件では未《いま》だにペイパーカットの予告状が明確に発見されていません。しかし状況的には既に、混沌《こんとん》としていて錯綜《さくそう》しているペイパーカット現象に類似した事態になりつつあります。つまり、予告状が出るのは〝これから〟である可能性があるのです。そしてそれを発見し、読む者が誰なのかを予測することは不可能です。これ以上この件に深入りするに当たってはこのことに留意しておく必要があり

ますが」

　この何を言いたいのか今ひとつはっきりしない言葉に、しかし今度は奈緒瀬は苛立った顔を見せなかった。彼女は落ち着いた顔で、

「だから？」

　と言い返した。

「その予告状を読む〝被害者〟にわたくしがなるかも知れない、ということなら知っています」

　彼女はちら、と部下たちに目をやる。全員が揃ってうなずく。覚悟はとっくにできている、というように。

「では結構です」

　そう言うと、千条はまた口を閉ざした。

＊

（……しかし、この多々良純夫という男は、もちろんそんな危険のことを知っているわけがない）

　奈緒瀬は少しだけ考えた。こいつに危険性を告げるべきか。しかし事態に関係しているという点に於《お》いては、この男はとっくに関係者になっている。奈緒瀬たちよりも深入りしてしまっているくらいだ。奈第一、信じてくれるとはとても思えない。

（そう、わたくし自身、完全に信じているのかどうかと言われると、まだ完全に信じ切っているとはいえないのだし）

　奈緒瀬が心の中で嘆息していると、多々良がおずおずと、

「なあ、奈緒瀬さん――俺はどうするべきかな？」

　と訊いてきた。

「どういう意味ですか？」

「いや、あの――わからないだろうな。あなたみたいな凄い人からしたら、俺みたいな人間の小さいヤツのことが」

　へっ、と卑屈な笑みを浮かべる。

「わかってるんだよ、俺程度のヤツが東澱家のネタ

に首を突っ込むべきじゃないって。でもこんなネタに出会えるのは、きっと一生に一度だ——ジャーナリストって言えば聞こえは良いが、実際には俺たちはどうでもいいようなカスみたいな話を適当につなぎ合わせて、ケバケバしく飾り立てて売りつけるだけだ。そりゃあ中には本物のジャーナリストって言える人もいるさ。戦場で撃たれて死ぬ、命懸けの人だっている。俺はとてもそんな人にはなれない——」

ぶつぶつと譫言《うわごと》のように言葉を重ねる。なんだこいつ、と奈緒瀬は思ったが、黙って話を聞いてやることにする。

「——だから、どうすればいいのか教えてくれ。金をせびるべきなのか？　脅迫にならない額ってどれくらいなんだ？　後で狙われるのはごめんだし——それともただ黙っているから見逃してくれ、って言えば信じてもらえるのかな。どうすればいい？　取引とかするべきなのかな。どんな取引ができる？」

すがるような眼で見つめてくる。奈緒瀬はやや不快感を抱きだした。

「あのですね、多々良さん——なんだったら、そのお疑いの情報とやらを別のところに売りつけてもいいんですよ。わたくしどもはいっこうに構いません。なんでしたら、お手伝いしましょうか？」

やれるものならやってみろ、という調子が出てしまったのに気づいたが、それもどうでもいいような気がした。

「わたくしどもが知りたいのは、あなたが目撃したというその子役の——」

と奈緒瀬が言いかけたところで、突然に横に立っていた千条が口を挟んできた。

「待ってください、東澱奈緒瀬。あなたが本題に入る前に、ひとつ確認しておかなければならないことがあります」

それは断固とした口調で、いつもよりも強い響きがあったので、奈緒瀬は思わず彼の方を見た。

「な、なんだよあんたは?」

　多々良もとまどって、その長身の男に視線を向ける。これに千条はまっすぐに視線を合わせて、

「多々良純夫さん、あなたが今、嘘をついている可能性は七十四パーセントあります。これはかなり高い確率で、覆《くつがえ》ることはまずないでしょう」

　いきなりそう断定した。

2

「な——」

　多々良はぽかん、と口を開いたままになる。奈緒瀬も眼を丸くする。千条はまったくお構いなしで、

「あなたの呼吸を計測していましたが、通常よりも早く、浅い呼吸を頻繁《ひんぱん》に行っています。これだけならば単に緊張を表しているのですが、その中に時折深い呼吸も混じっています。冷静になろうとしているのです。このような態度は舞台に慣れていない役者などにも見られる現象で、事前に考えていた言葉をなぞって言おうとするときに多いのです。いきなり連れてこられたはずの人間の反応としては不自然です」

　とすらすら流れるように説明する。誰も返事をしない。それでも千条は勝手に話を進める。

「そしてあなたの言葉の内容です。非常に明瞭に、自分の推理したことを提示されました。その上でこれが取引の対象となる価値があるかと質問されました。これは謙虚さの表れであるとも考えられますが、しかし一般的ではありません。取引をしようと言っているのに、自分の方から先に情報の提示をするのは明らかに損をしています。東澱家の威光を恐れての行動ならば最初から全面降伏をするはずですが、これもしない。あなたは迷っているとおっしゃいましたが、迷っている場合は、あなたのような立場の人間は基本的に沈黙を選択するはずです。訊かれてもいない内から喋り出すようなことはしませ

ん。自信がないからです。こんなことを言ってどう思われるかとためらうのです。でもあなたは、モジモジしているようで、言うべきことをしっかりと説明できています」

　千条は言いながら、ずっと多々良のことをまっすぐに見つめ続けている。

「全体的に言うならば、あなたの言葉は多すぎるのです。言うはずのないことまで言っている。不安から多弁になるというには、話の筋道が立ちすぎています。混乱がありません。不自然です」

　自分の方がよっぽど不自然で、言葉が多すぎるとしか思えないが、千条は己《おのれ》のことなど一切省《かえり》みず、一方的に語り続ける。

「…………」

　多々良は啞然《あぜん》として、絶句している。その彼に千条があらためて、質問する。

「ここでひとつ確認したいのですが、あなたが目撃したという、この子役の少女の名前を、正確におっしゃっていただけませんか？」

「え――」

「あなたは実に色々なことを説明してくださいましたが、その肝心《かんじん》の子役の名前だけはどういうわけか曖昧《あいまい》にしていましたね。その理由はなんでしょうか？　あなたが見て、あなたが確認したはずなのに、どうしてその名前だけは明言を避けたのですか？」

「そ、それは――だから……」

「いいから、名前をおっしゃってください。今すぐに」

　千条は詰め寄る。ここで奈緒瀬は、どうして千条がいきなり彼女の話している途中で口を挟んできたのかを知った。

（わたくしがその名前を言いかけたところで、それを遮ったんだわ――でもなぜ、舟曳沙遊里の名前が重要なの？）

　多々良のことを見ていると、明らかに動揺していた。それまでかいていなかった脂汗が額に滲み出てきていた。

「そ、それは――」

多々良は口ごもる。千条はその彼の答えを待たずに、言葉を続ける。

「あなたの明瞭にして冗長《じょうちょう》な言葉、それが目的としていることに関してはいくつかの可能性がありましたが、もっとも確率が高かったのは〝時間稼《かせ》ぎ〟でした。あなたは東澱奈緒瀬に余計な時間を費《つい》やさせるために、自分でも信じていない少女買春の話や可能だと思っていない取引などを持ち出して、事実を隠蔽し、陽動しようと試みていたのでしょう」

「う、うう――」

焦る多々良に、奈緒瀬もはっと気づいた。

「陽動って、それは――」

「そうです。どうしてこの多々良純夫氏が、舟曳沙遊里の名前を覚えていなかったのに、彼女が子役だと知っていたのか。彼女はマイナーな存在ですが、カルト的な人気があり知っている者は大変によく知っている。うろ覚えで認識しているということはまずないのです。ここから導き出される結論はひとつです。彼はひとりではなかった」

千条は言い切る。

「彼はさっき〝俺たちはどうでもいいような話を〟と言っていました。複数形です。彼には仲間がいて、そいつは途中で逃げることに成功した。多々良さんが囮《おとり》になったのでしょう。その仲間は、舟曳監督のことにも詳しい人物です」

「う、うう――」

多々良はもう、何も喋れない。ついさっきまでの饒舌《じょうぜつ》は影も形もない。奈緒瀬はうなずいて、

「となると――わたくしたちが追うべきは、その人物ってことになるわね」

と、多々良に向き直って、

「多々良さん――どうも風向きが変わってきたみたいですね。さっきまでわたくしは、あなたと取引な

ど考えていませんでしたが、こうなると話が違う。

取引する材料ができたみたいじゃありませんか？」

「ううう……」

「先に言っておきますが、あなたの相棒のことなど、おそらく業界関係者に二、三当たるだけで簡単に聞き出せると思いますよ。しかしあなたがわたくしどもと協力するというのなら、話は別です。なんだったら、あなたに別のニュースソースを提供することもできますが？」

「…………」

多々良は上目遣いに奈緒瀬のことを睨み返してきた。ねばっこい目つきだった。

（この男がさっき言ったことは、半分は本気だろう――こんなネタに出会えるのは一生に一度だと。それは本音で、だからこそ身の危険を省みずに仲間に賭けているはず。ならば説得もそちらの方から攻めるべきだわ）

奈緒瀬は多々良の暗い眼差しを受けとめて、平然としている。やがて多々良は、

「……餌《えさ》をもらって、俺に東澱の犬になれって言うのか。あんたたちの都合のいい記事を書かせるために」

と押し殺した声で言った。これに奈緒瀬は、

「そうです」

とあっさり肯定した。

「ただし、それが真実であればあなたにも文句はないでしょう。東澱の敵は、たいていロクでもないことをしているのだから」

そのあけすけな物言いに、多々良は多少面食らったようだった。

「……真実、だって？」

「あなたはなぜ、東澱が裏でこれだけの影響力を持っていられるのだと思いますか？　お爺様によるとその秘訣はとても簡単なのだそうです――〝可能な限り嘘をつかず、他の者の嘘に引っかからないこと〟それだけでいいのだそうです。当然、孫のわた

くしもそう努めています」

奈緒瀬が久既雄翁《みなぎおう》のことを持ち出すとき、その声には誇りが張っているのが常である。その堂々とした態度に、多々良はさすがに気圧《けお》されたようだった。

「――あんたは、真実が武器になると？」

「ええ、そう信じています。使い方次第ですが。どうでしょう――あなたも、あなたの相棒も、わたくしに協力してくださいませんか？」

こういうことを言うとき、奈緒瀬には兄である時雄にはない魅力がある。決して揚げ足を取られまいとする兄に対して、奈緒瀬はひたすらに開けっぴろげで、文句を言えるものなら言ってみろ、という態度を見せるのだ。

「…………」

多々良は茫然としてしまう。その様子を見て、奈緒瀬の周囲に控えている部下たちはついニヤニヤしてしまう。


そう、多々良の様子は、彼らが奈緒瀬のために働こうと決心する前の茫然自失状態そのものだったからだ。みんな多かれ少なかれ、同じような口説き文句で籠絡《ろうらく》された身なのである。

「……俺は、どうすればいいんだ？」

多々良は、さっきも言った言葉を繰り返した。しかし今度は、そこには欺瞞《ぎまん》はなかった。素直に教えを乞《こ》うていた。

「あなた一人では不安だというのなら、相棒に相談してみてはどうです？　連絡はできるのでしょう」

「あ、ああ――携帯電話に掛ければ……」

と多々良が言った直後、奈緒瀬の部下のひとりが押収されていた多々良の携帯電話を彼に差し出した。

「ど、どうも――」

多々良は素直に、仲間のところに電話をかけ始めた。

奈緒瀬はそんな彼の様子に、これで次の行動に移れるな、とわずかに安堵《あんど》した。そして、ちら、と横に立っている千条雅人に目をやる。

（しかし――このロボット探偵さん、使えるわねえ……）

あらためて彼の優秀さを痛感した。恐るべき観察眼、分析力、そして躊躇《ちゅうちょ》のない行動力――どれを取っても他に類がない。

（でも、とんでもなく扱いづらいのも確かなのよね。やっぱりわたくしは、伊佐さんに使ってもらって、横からおこぼれに与《あずか》る方がいいわ）

奈緒瀬がそんなことを考えている間にも、多々良は携帯に耳をあてている。しかし、やがて彼は困ったように、

「――なんか、つながりません。電源を切っているのか、圏外なのか……」

と言ってきた。

「それなら、少し待ってから――」

と奈緒瀬が言いかけたところで、千条がふいに、

「電波障害の近くにいる、という可能性もありますね」

と強めの声で言った。奈緒瀬の顔がびくっ、と引きつった。

「――電波障害？」

それはペイパーカット現象に付随《ふずい》して見られる状況のひとつだった。

急に殺気立った雰囲気になったので、多々良は焦りだした。

「ど、どうかしたんですか？」

「多々良さん――今すぐに、その相棒の方の人となりを教えていただけませんか」

奈緒瀬の声にはそれまでとは明らかに違う切迫感がこもっていた。本気の声だった。

「え？　い、いや――それは」

「極めて重要なのです。その人の生命にも関わることなのです」

「そ、そんなことを言われても――そうだ、それな

ら俺よりも詳しい人がいますよ」

多々良はこくこく、とうなずいた。

「誉田のことなら、嫁さんが一番知ってるでしょう」

「嫁さん？　結婚しているんですか、その人は？」

奈緒瀬は厳しい顔になった。

3

「――あれ？　おかしいな……携帯、壊れちまったのかな」

誉田紀一はいくら掛けようとしても、どこにも繋《つな》がらない電話に困惑していた。

「梨子《りこ》ちゃんには連絡しておきたかったんだがな――」

「どうかしたのかな」

背後から声を掛けられて、焦って振り返る。飴屋がすぐ近くに立っていた。

「あ、ああ――いや、大したことじゃないんだ」

「そうは見えないけどね」

「いや、いいんだ――どうせ話すことはないし、もともと一週間くらい帰れないって言ってあったし」

紀一は役立たずの携帯電話をしまい込んでしまう。

「それに、言ってもきっとわかってくれないだろうしね――舟曳尚悠紀なんて名前、彼女はもう聞きたくないだろうし」

「奥さんかい？」

「あ、ああ――そうだ。でも少しぎくしゃくしててね」

「何かあったのかい？」

「そんなことはないよ――いや、そうだね、ちょっと色々、あった、かな……」

格好を付けようとしても、飴屋の前だと紀一はなんとなく、意地を張っているのが無駄なような気がしてつい素直になる。

「良かったら話してみるといい。楽になるかも知れない。もちろん言いたくないことなら、無理に言う必要はないんだよ」

飴屋の声はあくまでも優しい。紀一はその温かさにふらふらと吸い寄せられるように、

「いや、聞いて欲しい。一人で抱えているのは、もう限界の感じなんだよ——」

＊

「——ど、どうも奥さん」

多々良は誉田梨子と会うのは数カ月ぶりだった。もともと交流などはない。以前に梨子が誉田紀一のところに忘れ物を届けに来たときに挨拶《あいさつ》したくらいの面識しかない。

「多々良さん、これはどういうことなんでしょうか」

梨子は不安そうな顔をしている。顔色があまり良くない。もともと痩《や》せていて、白い顔をしている女性なのだが、それがますます青白くなっている。前に会ったときも、今も、化粧っけがまるでなく、服装もおざなりな感じである。

「キーちゃんに——紀一さんに何かあったんですか？」

彼女たち夫婦は結婚して五年も経つのに互いのことをいつも愛称で呼んでいる。仲がいいんだなあ、と多々良は思っていたが、どうもそんな簡単なものでもないことは、そのうちだんだんわかってきた。

「いや、まだ何かあったというわけじゃあないんですが、連絡がつかなくなってしまって、それで——」

「その人たちは誰ですか？」

梨子は多々良の背後に立っている奈緒瀬と千条たちに不審そうな眼を向けてきた。

「いきなり押し掛けてきて申し訳ありません。わたくしは東澱奈緒瀬と申します。ご主人のことでお尋

ねしたいことがありまして」

「は、はあ――」

奈緒瀬の真剣な表情に、梨子は気圧されて縮《ちぢ》こまってしまう。気弱そうな眼で奈緒瀬のことを一瞬だけ見つめ返し、すぐに顔を伏せる。

「あのう――紀一さんたちがあなた方に、なにか……？」

と、多々良に恨めしそうな眼を向ける。彼女からしたら、多々良は夫を悪い道に引きずり込んだ元凶のようなものなのだろう。

するとここで千条が、

「そうではありません。ご主人が現在取りかかっておられる仕事に、本人も気づいていない危険性があるので、それを早急にお知らせしなければならないのです」

と極めて事務的な声で言った。全然感情がこもっていないので、今ひとつ現実味がない。

「あの、どういうことでしょう……？」

「それはご主人の生活環境や過去の出来事に深い関係があると思われます。よろしければそれを説明していただきたいのですが」

「……なんのお話だか、よくわかりませんが……あの」

梨子は責めるような眼を多々良に向ける。

「紀一さんたちは、いったいどんな記事を書こうとしていたんですか？　また他の人に迷惑を掛けてたんですか？」

「いやあの、それは――」

多々良はしどろもどろになる。険悪な感じになってきたので、奈緒瀬は意固地《いこじ》になられても困るなと思い、

「以前のことはわかりませんが、今回はそういうことではありません。昔完成させられなかった映画をあらためて製作するための下調べっていうか――」

と説明しようとしたら、そこで異変に気づいた。

梨子が顔を上げていた。

それまでおどおどしていた表情が一変していた。眼が見開かれて、唇がぴくぴくと引きつっていた。青い顔が、さらに蒼白になっていて、額には太い静脈が浮き上がっていた。

「……なんですって？」

梨子は呻くような声を上げた。

「――映画、って……まさか『楽園の果て』のこと？　キーちゃん、まだあんなもののことを……」

奈緒瀬は梨子のような表情をしている人間がどういう状態にあるのか、よく知っていた。そういう表情を何度か向けられたことがあった。東澱に利権を奪われたと思いこんだ人間たちは例外なくその表情を浮かべていたからだ。

誉田梨子は激怒しているのだった。

「俺と梨子ちゃんが出会ったのは、大学のサークルだった。ありふれた話さ。新入生のとき俺はどこに入ったらいいのかわからなかったから、楽そうな映画研究会に入ったんだ。テニスやフットサルをやるのは面倒だったし、映研なら映画を観てればいいだろうって思った。それだけだった」

誉田紀一は、飴屋に向かって話し始めた。

「なるほど、別に君は、最初から映画が好きだったって訳じゃないのか」

「ああ……好きだったのは梨子ちゃんの方だ。彼女は前から舟曳尚悠紀のファンだったんだ。映画を観るだけじゃなく、一緒にロケ地を回ったりしたよ。あの頃は楽しかった」

「映画が君たちを結びつける絆になった、ということかな」

「ああ――まあ、そういうことに、なるんだろうなあ……」

「少し寂しそうだね。いいことばかりじゃなかったのかな」

「そうなんだ。俺は梨子ちゃんが喜ぶから、一生懸命に話を合わせようとして勉強したよ。大学の授業そっちのけで映画を観まくった。映画誌の編集部でバイトを始めたりもした。特に舟曳尚悠紀のことならなんでも知っている、くらいにまで詳しくなった。でも……そしたらだんだん、彼女がその話をしなくなってきたんだ」

「もうたくさんです、舟曳尚悠紀監督の話は——」

誉田梨子は苛立ちで尖った声を絞り出した。

「別に、私たち夫婦はあんな映画だけで結びついている訳じゃありません……！　もっと大切なものが他にもあります！」

「えーと……」

奈緒瀬は困惑した。なんで急に怒りだしたのか、まるでわからない。日頃のストレスが溜《た》まっていたのだろうか。

「別にあなた方ご夫婦の関係に立ち入るつもりはなくて——」

となだめようとしたところで、千条が口を挟んできた。

「大切なものが他にあるかどうか、それを判断するのはあなたではなく、我々に任せていただきたいのです」

また訳のわからないことを言い出した。

「舟曳尚悠紀監督作品に関して、あなた方にどのような想い出があるのかを教えていただけませんか」

「想い出は——でも、そんなことを……」

ためらう梨子に対して千条は、まるでデリカシーというものに欠ける遠慮のない口調で、

「その内容までは言えないというのなら、その影響力の大小でもかまいません」

とさらに得体の知れないことを訊いた。

「だ、大小？」

「舟曳尚悠紀監督に彼は執着していたのですか。あなたはどうなのですか」

「わ、私は——昔の話です」

梨子は少しひるんだ顔になる。あまり言いたくな

い想い出がありそうだった。

「そのことで彼と言い争いになったことがあったりしたのですか。殺意を抱いたりしましたか？　死んでしまえばいい、と思ったことはないですか？」

「さ、殺意？　そんな馬鹿な――」

と言いながらも、しかし梨子の顔が何か変な風に引きつっている。千条ほどの観察眼がなくても、そこに何かがあるのは誰にでもわかった。彼女は隠しごとが苦手なようだった。

「今の私の言葉の中に反応しましたね？　おそらく殺意の方ではなく、死、という言葉に」

「…………」

梨子は黙ってしまう。しかし千条は容赦《ようしゃ》せずに、

「あなた方のような若い夫婦で、その言葉が大きな精神的影響を与えるとすれば、一般的な事例としては――」

と言いかけたところで、奈緒瀬がはっと気づいて、

「も、もういいです千条さん！　それ以上言わないでください！」

と声を上げた。千条は素直に黙る。

「す、すみません誉田さん――」

あわててあやまる奈緒瀬に、梨子は暗い眼で見つめてきて、

「いえ、いいんです――事実ですから」

と言った。それから少し疲れた顔になって、

「生まれなかったんです、私たちの赤ちゃん」

と投げやり気味に言った。

「梨子が妊娠した、って聞いても、そんなに驚かなかったんだ。まあいいか、って感じで、それで結婚しようってことになって、でも」

「流産してしまったんだね」

「そうなんだ。あいつの落ち込み方はひどくて、俺はどうしていいのかわからなくなって――結局、あれ以来その話をしたことは一度もないよ」

「でも、仲は悪くならなかったんだろう?」

「そうなんだけど、なんかいつも間に薄い膜が挟まっているみたいな感じになって――」

紀一は、ふう、とため息をついた。

「どうしていいかわからない。ずっとそのまんまなんだ」

「それで、外にばかり出ている仕事をしているのかい」

「いや、それは単に流れでそうなっただけで――いや、でも、そうなのかなあ……」

「君たちは、今でも舟曳監督の作品を観返したりするのかい?」

「俺はね――再上映会とかあると行ってるけど、彼女はないだろうな――」

紀一は寂しそうに言う。そんな彼に飴屋は、

「君は、彼女のために映画を探求していたんだな」

と、感心した風に言った。紀一は苦笑を浮かべる。

「探求って、そんな大袈裟《おおげさ》な――」

と否定しようとして、しかし顔がその途中で強張る。

「……梨子ちゃんのため、か――そうか、そうなのかな――でも……」

「でも? もう彼女はそれを必要としていないのに、と思っているのかい」

「…………」

「私はもうたくさん、って感じです。映画なんて」

梨子はきっぱりと断言した。

「もしもキーちゃんが――うちの夫が『楽園の果て』の調査をすることで迷惑している人がいるのなら、今すぐにやめてもらいます。それでいいんでしょう?」

「いえ、事態はそんなに簡単ではないのです」

奈緒瀬は首を左右に振った。

「まず、ご主人とは連絡が付きません。多々良さん

にも行き先はわからないそうです。そして彼が今追跡しているのは、おそらく舟曳沙遊里という子役の少女ですが、この少女は映画の権利関係を巡って御堂比呂志という男と対立しています。御堂氏は目的のために手段を選ばない人だと業界では有名で――」

この言葉の途中で、梨子はさらに尖った声を張り上げる。

「ああ、ああ――そんな話は聞きたくありません。知ってます、そういうことは――そんなゴシップにはもううんざりなんです。それで？　次はなんですか？　謎のお宝でも出てくるんですか？　キャビネッセンスですか？」

その単語が、はっきりと彼女の口から飛び出したので、奈緒瀬は思わず眼を丸くして驚いてしまった。

「――なんでその言葉を知ってるんですか？」

「みんな知ってるんでしょ？　『楽園の果て』の没になったシナリオにそういうものが出てくるって。それを手に入れることは、世界を手に入れるのと同じだけの価値がある、って」

心底くだらない、という調子で梨子がそう言ったので、奈緒瀬は少し混乱する。

（……なんなの？　ちょっと話が違ってるし、でもキャビネッセンスなんて言葉が偶然重なるとも思えないし――なんなのよ、その映画ってのは）

梨子だけでなく、彼女もなんだか腹が立ってきた。無駄に事態が錯綜している気がした。

しかし千条には、そういう混乱はまったく影響を与えないようで、相変わらずの無感情な声で静かに、

「そのキャビネッセンスの解釈はひとつの見解に過ぎません。それがなんなのかは未だに確定していないのです。しかし舟曳監督なり当時のスタッフなりが、その真実に何らかの形で近づこうとしていたのは事実のようです。その思いこみはほとんど狂信

的、といってもいいレベルです。そこでは人命も軽視される傾向にあります。舟曳監督自身も死亡しています」

と説明した。そしてそのまま表情ひとつ変えずに、

「彼の死因は病死ということになっていますが、これは完全にそうだと断定されていません。不審死といってもいいのです。あるいはそこにはなんらかの謀略が潜《ひそ》んでいたかも知れません。それが未だに続いているのだとしたら、ご主人は大変危険な状況にあるといえます」

と、恫喝《どうかつ》そのものの内容を淡々と言った。梨子もさすがに眉を曇らせて、

「——じゃあ、どうすればいいっていうんですか？私に何をしろ、と？」

とヒステリー気味に訊くと、千条はうなずいて、

「あなたも、ある程度は問題の未完成映画のことに詳しいようです。そこで提案なのですが、その映画に関連した場所のことを教えていただけませんか？ご主人が調査をするとして、どこに行きそうだと思われますか？」

と訊き返した。奈緒瀬もはっとなる。それがわかれば確かに、彼女たちの行動の指針になる。

「…………」

梨子は眉間に皺を寄せて、沈黙した。しばらくそのまま静寂が続いた。奈緒瀬はいらいらしてきて、何か言おうかと口を開きかけた。するとそこで、

「……わかりました。でも条件があります」

と梨子が決意を感じさせる声を出した。

「なんでしょうか？」

「私も、一緒に夫のところに連れていってください」

彼女の握りしめた小さな拳《こぶし》が、小刻みに震えていた。

CUT/5.
Masato Senjyo
&
Naose Higasiori

きっといつか幸福が舞い込むと信じて
浮かびそうになる悪夢から心を背《そむ》けて
――みなもと雫〈ビヨンド・パラダイス〉

1

「…………」

　岸壁の縁に立つ舟曳沙遊里の前には、延々と打ち寄せる波と、どこまでも続く水平線が広がっている。空はどんよりと曇っていて、今にも雨が降ってきそうな雰囲気だった。公道からもかなり離れたこの場所の周囲に人影はない。そのため色々な映画やテレビドラマなどで使用されている、ある意味お馴《な》染《じ》みの場所だった。

「…………」

　海を見つめる彼女の横顔には、やや不満げな気配が漂《ただよ》っている。

　その小さな背中を後ろから見ている伊佐俊一と早見千敦は、少しうんざりしたような顔をしていた。

「おーい、もう気がすんだか?」

　早見が声を掛けるが、沙遊里は答えずに、

「…………」

　とまだ海を見つめ続けている。そしてぶつぶつと何かを呟き始めた。それは詩の一節のようだった。

「また見附かつた、
何が、永遠が、
　空と溶け合ふ太陽が。……」

　早見は肩をすくめて、

「ありゃランボオの詩だぜ。高尚な趣味だねえ。ああしてるとイメージでも湧《わ》くのかね? 俺にゃわからんが」

　と言うと、伊佐は少し眉をひそめて、

「そんな可愛らしいものじゃないかも知れないぞ」

と呟いた。

「あ? どういう意味だ、それ」

「この前の山と、この海岸と——共通点があるとすれば、それはなんだと思う?」

「ロケに最適、か?」

「つまり、浮き世離れしてるってことだろう? この世のものではないような風景、というか」

「黄泉《よみ》の国のよう、か——なるほど」

早見はうなずいた。

「探しているのは、この世とあの世の境目のような場所、ってことか」

早見は一歩前に出て、さらに大きな声で沙遊里に呼びかける。

「なんだ、おまえはもしかして、死んだ父親が化けて出てきそうな場所を探してんのかあ?」

遠慮のない口調だったが、沙遊里の方もまったく動じる気配もなく、

「舟曳尚悠紀のことを言っているのなら、違うわよ」

と言い返した。

「別にそんなことを考えて『楽園の果て』を探っているんじゃないから」

「父親は恋しくないのか。じゃあなんで映画を創りたがっているんだ? 自分の方が才能があるって証明したいのか」

伊佐がそう訊くと、沙遊里は振り向いて、

「私が、ファザコンだって言いたいの?」

と、呆れ果てたという表情で言った。

「ずいぶんとかるく見られたもんね、この舟曳沙遊里も」

「ファザコンかどうかは知らないが、少なくとも今おまえが芸能界でやっていられるのは名監督の娘ってだけだろ?」

早見がイヤミっぽく言うと、沙遊里はふん、と鼻先で笑った。

「私をその程度だって思っているような馬鹿どもに、私の方が合わせてやってるだけよ」

「すごい自信だが、その根拠は何かね?」

早見は肩をすくめた。

「なーんか俺にゃ、おまえはなんか隠してる気がす

るんだがな」

「もちろん隠してるわよ。そうでなきゃ取引できないでしょ?」

当然だろう、という顔である。伊佐の方も見て、

「そっちの保険屋だって、私が重要な情報を握ってなきゃ相手にしないはずだわ」

伊佐は苦笑するが、早見は顎の無精髭をさすりながら、なおも、

「いや、俺は準三郎さんから依頼されておまえにつきあってるだけだから、その情報とかは正直どうでもいいんだ。そんなんじゃなくて、おまえってさ——うーん、なんつうのか」

と、頭をぽりぽりと掻いて、

「無理してる、って訳じゃないんだろうな。そういう風になってんだろうな。女優ってのは仮面を被るのが仕事なんだろうから。それにしてもおまえは隠してる気がする。それがなんなのか——」

長々と食い下がる。そんな早見に沙遊里は冷たい眼を向けて、

「どうでもいいでしょ。あんたには関係ないことじゃない? それより——ここはもういいわ。次のところに行くわよ」

と宣言した。

「何も得るものはなかったか」

伊佐がそう言うと、沙遊里は「まあね」と認めて、

「でも焦ることはないわ。じっくり行けばいいんだから」

さっぱりした調子であるが、そんな彼女に伊佐は、

「おまえ——もしかして待っているんじゃないだろうな」

と訊ねた。強い声だった。

「なんのことよ? 何を待つっていうの」

「敵が来るのを、だ」

「あの御堂比呂志たちを? なんでそんな風に思う

の」

「この前の山のときも、おまえはわざわざ連中のところに自分から出向いた――そうとしか思えない行動だった。今もそうだ。おまえは考え事をしてるようには見えなかった。ただ延々と緊張してただけじゃないのか。そう、いつ撮影が始まってもいいように待機してるみたいだった」

「あらあら、あんたに演技のことがわかるの？」

「いや、そんなもののことはわからない――だが切羽《せっぱ》詰まってる感じの人間たちなら、結構見てきたんでな」

「ふうん、自信があるのは私だけじゃないみたいね。別にいいわよ、どんな風に考えても。私はかまわないわ」

沙遊里はふてぶてしい表情を崩さない。伊佐はそんな彼女をさらに強い眼で見つめつつ、

「おまえは子どもで、俺は大人だ。才能だのなんだの難しいことはわからないが、おまえが危ない目に遭《あ》いそうになったら、助けないわけにはいかないからな。何を企んでいて、隠している目的があろうともな」

と言った。張り詰めた空気だったが、そこで早見が、ぱん、と両手を叩いて、

「まあ、いいじゃねーか。お互い意地っ張りってことで。それより移動するんなら、メシにしようぜ。いい加減腹が減ったろ？　俺は減ったぜ。ん？」

呑気《のんき》な口調で、沙遊里も伊佐も表情から力が抜けた。

「そうだな――町に出て、なんか食うか。何がいい？」

「イタリアンがいいわ。パスタのおいしいところ」

「こんな田舎《いなか》に、そんなレストランがあるかなあ――」

喋りながら、彼らは車の方に戻っていく。

*

「――車に戻るようだぞ」

沙遊里たち三人を遠くから監視していたのは、むろん御堂比呂志と田辺利雄たちである。

「ここには長居しなかったな、奴ら」

田辺がそう言うと、御堂は薄い笑みを浮かべて、

「もともとこの海岸は、ロケ地の候補ではあってもシナリオの第三稿にだけ出てきて、四稿では消えていたものでしかないからな。あの娘も一応、近くにあったから来ただけだろう」

と、彼にしかわからないことを言う。

「しかし、もしかするとこれから面倒なことになるかも知れない――ヒライチのことに気づくと面倒だ」

「え？　なんだって？」

「奴らが港に向かうようだったら、その前になんとしても押さえるぞ」

御堂は自ら握っている車のハンドルを操作して、沙遊里たちの後を追跡し始めた。

2

やはりイタリアン・レストランなどは近くになかったので、早見たちは高速道路のサービスエリア内にあったうどん屋に入ることにした。

「まあ、パスタもうどんも原料は同じ小麦粉だし、これでいいだろ」

「大雑把ねえ――」

沙遊里は不満げだったが、ごねたりはせずに素直に店の門をくぐる。広い店内に、客がかなり入っている。内装も綺麗で、タレントのサインなども飾ってある。人気のある店のようだった。

「おー、結構品数があるぞ。何にする？」

「ふん――」

とぶっきらぼうな顔をしつつも、沙遊里はメニューをしっかりと読み始めた。全部確認し、吟味《ぎんみ》してから決めるつもりらしい。

「これはくどそうだし、これは多すぎるし、これは辛《から》いだろうし――」

ぶつぶつと言っている姿は、ちょっとませた子どもにしか見えない。早見は伊佐にもメニューを渡したが、こっちは簡単に、

「じゃあ、きつねうどんで」

ろくに見もせずに即決である。これに早見が、

「このキスの天ぷらってのも、うまそうだぜ」

「別になんでもいいよ、俺は」

「せっかく変わった店に来てるんだから、そこでしか味わえないもんの方が楽しいぜ。地元のみそ煮込みうどんなんかもあるぞ。すき焼きうどんに、けんちんうどんに、わ、なんだこれ、鶏《とり》の水炊きうどんだってよ。濃厚白濁スープってそそられないか？」

乗り乗りで色々と勧めてくるので、伊佐は思わず苦笑して、

「ミミさんは本当、人生に退屈しないだろうな」

と言った。すると早見はニヤリとして、

「俺はただ、ありのままを受け入れることに抵抗がないだけだ」

と言うと、沙遊里が横から、

「その割には、東澱の御曹司《おんぞうし》って地位は受け入れなかったのね」

と口を挟んできた。

「あんたがそうしてれば、もっと楽にできたのに」

この嫌味に早見はまったく表情を変えずに、

「俺が東澱家を出なかったら、おまえのところに回されることもなかったから、その話に意味ないぜ」

と答えた。

「俺がこんな性格だから、準三郎さんもおまえを任せても家とは無関係にできるって判断したんだからな――で、注文は何にする？」

「まったくどいつもこいつも、話のわからない連中

ばっか——キッズ定食のAセット」

「ああ、なるほど。うどんとかやくご飯に茶碗蒸しにアイスまでついてるからな。バランスいいのを選ぶなあ。俺も頼みたいくらいだ」

「子どもだけよ、これは」

「いいよなあ。差別だよな。ずるいぜ」

　本気で羨《うらや》ましがっている早見に、伊佐はつい笑ってしまう。

「じゃあ、俺も美味《おい》しそうだと思うのを探すか」

「そうそう、その方がいいぜ。どうせ経費で落ちるんだから」

「変な感じだ。いつもは——」

　言いかけて、伊佐は口をつぐんだ。いつもなら、彼の方が千条に少しは人間らしくしろと言うのだが、早見の前だと逆に言われる側になる。

（俺も、千条に影響されてきているんだろうか。まあ、あれだけ一緒にいればしょうがないかもな）

　むしろその方が都合がいいかも知れない、その方が仕事がやりやすいのではないか——そう考えたところで、伊佐は少しだけ嫌な気分になった。

（俺はもう、あまり人並みに生きたいと思わなくなってきている——影響されているのは千条じゃなくて、ペイパーカットの方なんじゃないのか——俺はヤツを探しているだけじゃなくて、だんだん似てきているのかも知れない）

　それは苦い認識だった。そのことをそんなに恐れなくなってきているのが、ますます嫌な感じだった。

　彼が黙ってしまったので、早見と沙遊里が二人して彼のことを見つめていることに気づいて、伊佐ははっと我に返った。余計なことを考えても意味はない。

「あ、ああ——そうだな、じゃあこの筍《たけのこ》の天ぷらうどんってヤツにしようか」

　精一杯明るく言ったつもりだったが、やはり多少ぎこちなかった。

やがて料理が来て、彼らは食事を始めた。うどんをふうふう啜《すす》りながら、沙遊里がぽつりと言う。

「あんたたちは、どんなことが楽しいって思うのかしら？」

言われて、伊佐と早見は顔を見合わせる。

沙遊里は訊いた癖に、特に二人の方を見るでもなく食事を続けている。答える必要があるのかどうかもわからなかったが、早見は同じようにぽつりと、

「何を楽しみにしているか――どんな映画を創れば客に喜んでもらえるか、って疑問か？」

と言うと、伊佐は少し渋い表情になり、

「映画とか観ないからな。そういうことには答えられないな。それに舟曳作品って、小難しい感じじゃなんだろ。面白いとかいう話なのか？」

「立派なものだから、退屈でもかまわないって？　そんなこと言ってるのは、ただ撮っているだけで満足してる学生ぐらいよ」

「おまえはその学生よりも小さいじゃねーか」

「素晴らしいカットが撮れたから価値があるとか、最高の瞬間を切り取ったとか、自己満足以外の何物でもないわ。どんな景色だって一時間も眺めていたら飽きるのよ。ましてや映画なんてしょせんはスクリーンに映っているだけの贋物《にせもの》なんだから」

「贋物ってなあ」

「映画の中でどんなに感動的なことが起こっても、それは本当のことじゃない。演出されて、誇張されて、整理されて、巧妙に偽装されている。嘘をついている。問題はなんのために嘘をつくかってことよ」

「嘘ねえ。なんか身も蓋《ふた》もないな」

「それが嘘だということを自覚できないヤツがどうしようもない駄作を創るのよ」

「お？　なんか怪しげな話になってきたな」

「あの御堂比呂志の問題は、これがしょせん映画だということを忘れていることよ。真剣すぎる。絶対に間違えちゃいけないって考えすぎているのよ。私

はそんなバカな真似はしないわ」

「しかし今さらなんだが、そんなに難しいもんなのか？　シナリオとか残ってるんだろ？　面白いところをつないで適当にできないもんなのか？」

「なにが面白くて、なにがつまらないのかしら？」

「話が戻ってきたな——でもそんなものは、それぞれで考えるしかないんじゃないのか」

「それで、この亡くなっている監督がどう考えていたかを知りたい、ということか」

伊佐はうなずいたが、これに沙遊里は「ふん」と鼻を鳴らして、

「そんなもの、わかるわけがないわ」

と断言した。伊佐と早見は少し絶句してしまった。彼女は少し間をあけてから、言った。

「彼の考えそのものなんてわかるわけがない。知りたいのは彼が見せたかったものよ」

「……やっぱり、よくわからんな。俺にはお手上げだ」

そう言って、早見はずるずるとうどんを啜り込んだ。伊佐はなにやら渋い顔になり、箸《はし》が停まっている。

「あんたは、なにか引っかかることがある？」

沙遊里に訊かれて、伊佐は、

「俺はその未完成のシナリオとやらを読んでいないからなんとも言えないが——なんとなく今まで回ってきた土地の印象だと、その監督とやらは作品を創ること、それ自体を迷っていたんじゃないのか。ここだ、というものを見つけられないで、似たような場所を並べて、どれにするか決めかねていた、みたいな——それはつまり、自分でもどう表現していいのか正解がわからなかったってことだ」

と静かな口調で言った。ふふん、と沙遊里はかるく鼻先で笑って、

「なかなか考えているじゃない？　どうしてそう思ったのか、教えてもらえるかしら」

「俺も同じだからだよ。これでいいのか、わからな

いままに仕事を続けている。似ている気がする。まだ二箇所だが、おまえに連れられていった場所は、どこか心が安らぐ気がした。迷っている人間に優しい場所、って感じだった。監督もそうだったんじゃないのか」

伊佐は淡々とした口調で言う。沙遊里はすぐに反応しないで、むすっ、と黙ってそんな伊佐を見つめている。

するとと横から早見が、

「すげえな、おまえたち。なに、二人ともそんなに分析してたの？　俺はただぼーっとしてただけだったけどなあ。それよりうどんが伸びるから、さっさと食った方がいいぞ」

と口を挟んできた。二人とも食事に戻る。無言のままうどんを口にし続ける。

やがてほぼ食べ終わろうかというところで、沙遊里が、伊佐に向かって言った。

「もしかして、あんたのその眼——ペイパーカットにやられたの？　それで個人的な恨みがある？」

「答える必要はないな」

「あんたは専門家なんでしょう？　ペイパーカットのことを知りたくて、私につきあっている。それはどこまで仕事で、どこまで人生？」

「………」

「私は東澱にはペイパーカットの秘密を教えるとは言ったけど、あんたには約束していないわ——どうする？　今、ここで、あらためて契約しない？」

「俺は今、単にミミさんの友人として、彼の手伝いをしているだけだ。おまえのことは正直言って」

伊佐は少し間を置いてから、はっきり言った。

「信用していない。単に口から出任せを言っているだけだと思っている」

「——遠慮のない人ねえ。とても正直だわ」

嘘つき呼ばわりされても沙遊里はまったく怒りを見せない。その代わりに、にんまりと可愛らしい顔を作って、笑った。

「じゃあ、特別サービスよ。秘密をほんの少しだけ、教えてあげる」

そして身を乗り出して、伊佐の耳元に口を寄せて、

「キャビネッセンスが関係しているのは、実際は生命ではなく、意志の方よ」

と囁《ささや》いた。伊佐は驚いて思わず身を強張らせた。ぱっ、と沙遊里はすぐに身体を戻して、ふふっ、と微笑む。

「あとは内緒よ。これ以上知りたかったら、私に心から協力すると約束して」

「なんで――そんなことを知っているんだ⁉」

伊佐は怒鳴りながら立ち上がり、沙遊里の襟首《えりくび》を摑んで詰め寄ろうとしたが、横から早見に停められる。

「おいおい、いっさん――らしくねーぜ。落ち着けよ。相手は子どもだぞ」

う、と伊佐はあわてて手を離した。気がつくと、店の他の客も彼らのことを注視している。伊佐はまだ動揺が収まらず、押し黙ってしまうが、沙遊里の方が慣れた感じで立って、周囲にお辞儀しながら、

「すみません、お騒がせして。気にしないでください。なんでもないですから」

と言うと、空気が穏やかなものに戻っていった。子ども本人が言っているのだから大したことはないのだろうと思ってもらえたようだ。

「…………」

伊佐はそんな落ち着き払った少女をサングラス越しに睨みつけながら、

「……おまえ、何者だ……？」

と押し潰されたような声を絞り出した。

「悔しい？　こんな子どもに自分よりも深い秘密を握られていることが」

「…………」

「悔しかったら色々と考えればいいわ。でも当面は『楽園の果て』について考えてもらうけどね」

「…………」

3

「考えれば考えるほど、わからなくなったもんだったよ。『楽園の果て』って映画の正体は」

誉田紀一は、借りたレンタカーを運転しながら助手席の飴屋に話しかけていた。

「粗筋だけなら、たぶん単純なんだ。平凡な町に不思議な人物が現れて、周囲を混乱させて去っていき、それを追いかける人たちがいて——でも、具体的にその謎の人物が人々に何をしたのか、人々は何《な》故《ぜ》それを追いかけるのか、そしてその人物は最後にどうなってしまうのか——すべてがわからない」

「それは、わからなければならないものなのかい？」

飴屋の問いに、え、と紀一は虚をつかれた。

「どういう意味だい？」

「映画を撮るに当たって、そこで撮られるすべてのものを理解してからでないと撮影というのはできないものなのかな」

「すべて、ってことはないだろうけど。でもだいたいはわかっていないといけないんじゃないか。変なものばかり撮ってしまっても困るだろうし。脚本ぐらいはできていないと——いや、でも」

言いながら、紀一は混乱してきた。

「あー、でも、そうかあ——撮りながら話を作ってもいいんだなあ。現場で変更、とかよく聞くしな。思ったよりもいい感じになったので登場人物の出番を増やした、とかいうし」

「どうしてそれができなかったんだろうね」

「いや、どうして、って言われても——スタッフたちと山に登って、ずっとそこにいたりして、確かに撮影を始めてもおかしくなかったような気もするな……」

紀一は自分で自分の言葉に、うーん、と唸《うな》ってしまう。

「脚本を書くだけなら、別にスタッフはいらないだろうし――」

「映画というのは、どこまで一人でできるものなんだい。シナリオを書いた者が、そのすべてをコントロールできるのかな」

「いやあ、そう簡単なもんじゃないだろう。共同作業なんだから。色んな人の意見を聞きながら創るんだろう」

「それは監督が創る、ということかい」

「え?」

「たとえば建築物を建てたのは、設計した建築士なのか、現場作業員なのか、それとも施工を請《う》け負った組織なのか、出資した企業なのか――映画はどうなんだろうね」

「え? ええ――でも映画は、監督の存在が大きい、とは思うけど……」

「監督がいなくなったら映画は創りようがないのかい」

「いや、だから今回のは、死んだ後でもその映画を創ろうって話なんだから、そんなことはないだろ。撮影してる途中で、現場はそのままで監督が交代するって話も珍しくないし」

「それを今回もやろうというわけだ。ただ、だいぶ時間が掛かってしまっているようだが」

「そりゃあ、やっぱり難しいんだよ。なにしろあの天才の舟曳尚悠紀監督の仕事なんだから――」

「大変なことだから、やり甲斐《がい》がある?」

「だろうね。不可能ではないと信じているから、御堂比呂志も、娘の沙遊里も――」

「そして、君も?」

途中で途切れた言葉を、飴屋が引き継いだ。紀一はびっくりして、思わず彼の方を見る。

「前を見ていないと、危ないよ」

飴屋の静かな声に、運転中の紀一はあわてて視線を前方に戻す。

「……何を言っているんだ？」

「おや、違うのかい。私はてっきり君も、その映画を自分で創りたいと考えているものだとばかり思っていたが」

「いや、そんな、馬鹿な——いくらなんでも……」

「実際に撮影を準備するところまでいかなくとも、頭の中でどんな映画になるかって想像はしてきたんだろう？」

「ああ、それはそうだよ。色々考えたよ」

「それをスタッフや役者に上手く伝えられたら、君だって映画監督になれるんじゃないのか」

「うーん、それが難しいんだろうなあ。そもそも他人に自分の考えていることを伝えるのが難しいんだから——」

「なかなか想いは伝わらない、か？」

「まったくその通りだよ」

「それで人は映画を創る？」

「はは、そうかも知れないね」

「君だったら、どういう想いを、どんな人に伝えたいのかな」

「俺？　そうだなあ——」

紀一はふと、自分が映画を撮ったら梨子はどう思うだろうか、と考えた。すると不機嫌そうな彼女の顔しか浮かばず、そのことにとまどった。

（なんで、そんな風に感じるんだろう？）

しかしそれは間違いないことのように思えた。彼が映画を撮ると言い出したら、彼女はきっと怒る、それは予測ではなく、ほとんど確信だった。

（あいつ、いつから映画が嫌いになったんだろう——）

それがあの不幸な出来事のときからなのか、それ以前からだったのか、彼にはわからなかった。彼女が何を考えていたのか、その想いは彼にはちっとも伝わっていなかった。

（映画を創って、あいつに想いを伝える？　でもあいつには決して伝わらない気がする……）

なんだか、胸の奥がざわざわした。もし『楽園の果て』が完成したとして、一緒に観ることはないかも知れない、そう思うとひどく苛立ちを感じる。妻に怒りを覚える。

（だって、あいつから言い出したのに――）

あんなに一緒に映画を観たのに、そこにあったはずの想いはちっとも共有されていないのではないか、それは紀一にとって背筋が寒くなるような認識だった。

（じゃあなんで、映画なんて観るんだろうか、俺たちは――）

彼がそんなことをぼんやり思っていると、その横顔を飴屋がじっと見つめているのに気づいた。

「な、なんだい」

「いや――君と、舟曳尚悠紀の違いについて考えていた」

飴屋は奇妙なことを言う。紀一が、

「俺と？　あの天才監督と俺とじゃ大違いだって？」

と苦笑すると、飴屋は首を横に振りながら、真顔で、

「その逆だ。君と彼と、その精神に、才能に違いはないいんじゃないかと思った」

そう言った。紀一が絶句して、何も言えないでいると、飴屋はさらに、

「君も彼も、想いが伝わらないということに悩んでいる、そのことと映画について考えることが一体化している。だから君は彼の映画に惹かれて、彼の映画を君に紹介してくれた女性を愛するようになった――」

と訳のわからないことを言いだした。

「――な、なんだよその言い方は。それじゃまるで、俺が梨子を好きになったのは、映画のついでみたいじゃないか――」

そう否定しようとして、その言葉がだんだん弱くなっていく。

それは果たして、完全に間違っているのだろうか。もしそれが正しいのならば、彼女は——彼が一瞬、考え事にとらわれてハンドル操作がおろそかになった、そのときだった。

視界に、いきなり対向車が突っ込んでくるのが見えた。彼の車が車線からはみ出していたのだ。

「——わっ!」

あわててハンドルを切った。車はぎりぎりで衝突するコースから外れた。その際に、向こうの車に乗っている人間たちの顔がちら、と見えた。

ぎょっとした。

そこにいたのは、サングラスを掛けた男と助手席の少女——舟曳沙遊里だった。

(——ば、ばれた……?)

と一瞬焦ったが、よく考えたら向こうはこちらの顔を知らないはずである。もともと彼は沙遊里たちが次はロケ候補地だった海岸に行くのだろうと思ってここまで来たのだが、どうやら向こうの方が早く来て、そしてもう別のところに向かっているのだろう——それで交叉《こうさ》したのだ。

(え、えと——じゃあ少し行ったら、Uターンして戻った方がいいのか……)

と考えてバックミラーを見たところで、彼の顔が引きつった。

沙遊里の乗った車の方が、いきなりUターンしてきたのだった。

そのまま、こっちに向かって全開で走ってくる——。

「な——」

茫然となる紀一に、飴屋が静かな声で、

「追ってくるようだが、どうするね」

と訊ねてきた。

4

「ど、どうしたのよ?」

いきなり車をUターンさせた伊佐に、沙遊里は驚いて訊いた。しかし伊佐は返事をせずに、

「今のは――まさか……！」

と、サングラスの奥の眼を見開いて、たった今通り過ぎていった車を睨みつけている。ただならぬ雰囲気だった。

「誰だか、わからなかった――はっきりと見たはずなのに、その顔をどうしても思い出せない……」

ぶつぶつと呟いている。

「運転席のヤツはわかった。顔が浮かぶ――だが助手席のヤツは――」

「何よ？　今の車に誰か乗ってたの？　知ってる人？」

沙遊里の質問に、伊佐はぎりりっ、と奥歯を嚙《か》み締めて、

「知らない――俺はあいつのことを、何も知らない――だが、いる。そこにいる、確かにいるんだ……！」

と訳のわからないことを呻いた。

「おい、いっさん――」

早見が声を掛けようとすると、伊佐は一瞬だけ二人の方をちら、と見て、

「すぐにおまえたちは降りろ――降りられるところまで来たら、すぐに」

と有無を言わせぬ口調で言った。すると沙遊里が顔を強張らせて、

「嫌よ」

と拒絶した。

「何がどういうことかわからないけど、あんただけなんて許さないわ」

「危険なんだ。何人も死んでいるんだぞ」

「だから何よ？　危険が迫ってきたら、少なくともあんたの方が先に死ぬでしょ。その後で私がどうなろうと関係ないでしょ。違う？」

沙遊里は無茶苦茶なことを言ったが、本気であることだけは明らかだった。

「――――」

伊佐は少しだけ言葉に詰まったが、すぐに、

「ミミさん――とにかく、停まれるところまで行ったら、こいつをつまみ出してくれ」

と厳しい声で言った。言われた早見は顔をしかめて、

「おいおい――俺の意見はなしか？　どっちかっつーと、今すぐに停まった方がいいと思うんだがな。それに、危険かどうかもわからんぜ」

と真っ当なことを言うと、伊佐は眉間の皺を深くして、

「あんたにはわからないんだ――あいつが、どんなに恐ろしいのかが」

そう言うと、沙遊里がぴくっ、と反応した。

「あいつ？　あいつって誰よ？」

「――――」

「いいわ、言わなくてもいい――わかったわ。ペイパーカットね？　あの車に乗っているのね？」

「それは――」

「なんでペイパーカットがここに現れたか、わかる？　私を狙っているからよ。だから途中で降ろしたりしたら、むしろそっちの方が危険じゃない？」

沙遊里の冷静な意見に、伊佐は反論できずに唇を歪《ゆが》ませた。

前を走る車がさらに加速していったので、伊佐は迷いながらも自らもアクセルペダルを踏み込んでいく。

*

「うわ、もう完全に追いかけてきてるよ……！」

紀一は焦っていた。

「なんで？　なんでバレてるんだろう？　俺のことを知ってるのかな？」

紀一が冷汗で滑りそうなハンドルに必死でしがみついていると、横の飴屋が落ち着いた声で、

「どうして逃げるんだい？」

と訊いてきた。

「だって——」

「単に衝突しかけたから、文句を言いたいだけかも知れないよ。謝ればすむ話だ」

飴屋の言葉はもっともらしく聞こえた。しかし紀一は首をぶるぶると左右に振った。

「駄目だよ、とんでもないことだ。もし問いつめられたら、絶対に動揺するよ。バレてしまったら、きっともう、俺は二度と『楽園の果て』に近寄れなくなる——」

身体が小刻みに震えている。とても怖かった。そんな怯えきっている彼に飴屋は、さらに言う。

「しかし、逃げれば怪しまれる。ますます危険は高まる。相手次第だが、生命も危ないかも知れない」

紀一はぎくっ、と身体を強張らせた。それは大袈裟ではない。現に御堂比呂志たちが舟曳沙遊里に向かって発砲しているのを彼は目撃している。邪魔者は消せ、そういうことになっているはずだ。

しかし、それでも——

「——駄目だ。駄目だよ。それでも駄目だ……！」

「どうしても？」

「ああ、どうしてもだ！」

紀一は大声を上げた。すると飴屋は「ふむ」とうなずいて、

「君にとってそれは、生命と同じだけの価値があるもの、ということになるのかな」

と囁いた。それは実に自然で、さりげない響きだった。彼にとってはごくありふれたことについて述べているだけ、という調子だった。

「え？」

紀一は思わず彼の方を見る。飴屋も彼のことを見つめ返す。そして、

「もしも君からそれを奪ったとしたら、君は生きていられないのかな」

と質問してきた。

「………」

　どこかで聞いたような言葉だった。飴屋はぼんやりしている紀一に向かって腕を伸ばしてきて、その硬くなっている肩に触れた。手を乗せてきた。

　ぐっ、と摑まれる。

「君は信じるか？」

「え――」

「君は、自分が価値があると思うものを信じるか？　それを信じられるなら、恐れることは何もない」

　まっすぐ見つめてくる飴屋の眼は、それ自体にはなんの表情もない。鏡のように、紀一の顔を映し出しているだけだった。その眼の中の紀一が、紀一のことを見つめていた。

「信じるか――」

　呟いたその言葉に、彼は思わず、

「信じるよ、うん、信じる――俺は『楽園の果て』をあきらめない。何があっても。それは信じられるよ」

　と、自らうなずいていた。

「ならば、恐れることはないはずだ」

「そ、そうだな――その通りだ」

　彼は、ふうっ、と大きく息を吐くと、車のスピードを緩めて、そして道路の脇によせて停車した。

「信じるなら、堂々とできるはずだよな」

　自分に言い聞かせるように、そう言った。

　背後から、舟曳沙遊里たちの乗った車がどんどん接近してくる――そして、そのまま通過してしまった。

　まるで、紀一たちの車など眼に入らなかった、とでもいうかのように。

「……え？」

　紀一は思わず茫然としてしまった。そんな彼の肩から、飴屋はゆっくりと手を離しながら、

「彼らは彼らで、忙しいようだ。我々にかまっている余裕はないみたいだよ」

　と、少しばかり悪戯《いたずら》っぽい表情を浮かべた。

＊

「――え……？」

　伊佐は、はっ、と気づいた。

　いつの間にか、追跡していたはずの車が前方から消えていた。影も形もない。

「な――なんだこれは⁉」

　引き離された訳ではない。ずっとその姿を睨みつけながら走っていたのだ。一瞬たりとて眼を離さなかったはずだ――それなのに。

「あれ？　車は？」

　沙遊里も声を上げた。

「なによ、どこ行っちゃったのよ？　消えたわ！」

　悲鳴のような甲高い声だった。

「どうなってるのよ？　確かに今の今まで、目の前を走っていたわよね？」

「だが――見失った……」

　伊佐が絞り出した声は震えていた。それが恐怖によるものなのか、怒りによるものなのか、あるいはまったく別の感覚によるものなのか、伊佐自身にも判別がつかない。

　そもそも、最初から追っていた車など存在していなかったのではないか、そんな気さえしてしまう。いるんだか、いないんだか、誰にもはっきりとしたことは言えず、いたような気もするし、いなかったような気もする――その感覚を伊佐は嫌と言うほど、知っていた。

　まただ――またしても、するりと手のひらからこぼれるように、いったんは掴んだと思ったものが空《くう》と消えた。

　間違っている、それだけはわかる。こういう追跡の仕方では駄目で、まったく別のやり方があるはずだった。だが、それがなんなのか、皆目見当がつかない。

「くそ――どうすれば、ヤツを感じられるようになる……？」

　そう呻いたとき、伊佐はふと、

（ヤツの方は、どうなんだろう——）

　と疑問を感じた。

（ヤツが見えなくなったり、誰だかわからなくなるのはこちらから見てのことだが、ヤツから見たら、俺たちはどう見えているんだろうか？）

　それは首筋が急に寒くなるような感覚を伴う疑問だった。

　ペイパーカットは、他人をどう見ているのか。世界はどんな風なものとして捉えられているのか。人間は他人が自分をどう見ているのかを常に気にしながら生きている。それが前提になって、人間社会というものはできている。しかしペイパーカットにそれはないのだ。誰にも気にされない者は、人間を見るときに良く思われたいと願望する必要がない。その色眼鏡無しで世界を眺めるとき、そこにはどんな風景が広がっているのだろうか——それが実感できなければ、ヤツを追うことはできないのではないか……伊佐は凍りついた混沌に突き落とされた気分になっていた。何もかもが真っ白に凍結して区別がつかないのだが、そこにあるものは溶ければすべて別々の何かなのだ。だが氷はあまりにも頑強で、まったく溶解する気配さえない——雪山のど真ん中に取り残されたような気分だった。

　彼がそんなことを考えているとき、後ろの席から、

「どうやら、あれこれ思い悩んでいる余裕はないみたいだぜ」

　という早見の声が聞こえてきた。はっ、と伊佐が我に返ると、バックミラーに車が映っていることに気づいた。消えた車ではない。別の車輌だ。黒塗りで、頑丈な車体で知られる外国産車だった。ウインドウも遮光《しゃこう》処理がされていて中は見えない。

　どんどん接近してくる——今の今まで、伊佐たちがしていたように。

「あれは――」

　伊佐が言いかけたところで、ちっ、と沙遊里の舌打ちが車内に響いた。

「向こうも追ってきたみたいね――御堂比呂志たちだわ」

　車は一台ではなかった。全部で三台、すべての車種が伊佐たちのミニバンよりもパワーと丈夫さで上回っているものばかりだった。それはこういう言い方もできる車だった。

　軍用車輌、と。

5

（いったん通過したから、港には向かわないと思ったが――Uターンしてくるとはな。やはり行くつもりか。〈鬼ヶ島《おにがしま》〉に――）

　御堂は防弾処理がされたウインドウ越しに沙遊里たちの車に鋭い視線を向けていた。

「で、どうすんだ御堂さん。ぶつけちまっていいのか？」

　横の運転席から田辺が訊くと、御堂は、

「そうでなければ、こんな車を用意した意味はない」

　と言った。田辺はふうう、と深く息を吐いた。

「加減しねーと、中で潰れちまうな」

「別にかまわない。思いきり行け」

　御堂の声があまりにも簡単そうな言い方だったので、田辺は少しだけ顔を引きつらせた。

（こいつ――相手が子どもでも全然容赦しねえってのか。なんてヤツだ。ヤクザよりも冷血じゃねえか）

　しかし上から命じられている以上、田辺にこの男に逆らう権利はない。彼はアクセルを強く踏み込んでいった。

　横の窓を開けて、人差し指を立てながら手を振って他の車の手下たちに〝回り込め〟のサインを送る。三台の車は三角を描くように展開していき、沙遊里たちの車が後方に抜けられるルートをすべて塞《ふさ》いだ。

　そして、そのままエンジン出力差に任せて、じりじりと加速して相手に接近していく。

＊

「なんで今、このタイミングで襲ってくる……？」

　伊佐は奥歯を噛み締めながら、必死でアクセルを踏み込む。しかしこれ以上の加速は無理だった。追いつかれるのは時間の問題だった。

「まずいな、囲まれるぞ」

　早見が忌々《いまいま》しそうに言ったときには、もう左右を挟まれて後ろにつかれた。

「くそ、武器としての車の扱いに慣れてやがるな」

「それはそうよ。カーチェイスは映画の定番でしょう？　やり方はよーく知ってるわよ」

「リハーサル済みってことか？　映画屋なんて絵空《えそら》事《ごと》にうつつを抜かしてて現実を知らないんじゃないのかよ？」

「撮影場所を確保するのにも、色んなところと交渉しなきゃならないのよ。条例違反もこっそりやったりするし、脳天気じゃいられないわ」

「夢を追い求めているようで擦《す》れっ枯らしかよ。嫌な連中だねどうも」

「お喋りはそこまでだ——歯を食いしばれ！」

　伊佐が怒鳴った直後、後ろからぶつけられた。がつん、という衝撃が車体全体を揺すぶった。

　どうしてもスピードが落ちる、そこにまた衝撃がくる。何度も何度もそれが繰り返される。間隔が短く、立て直す余裕がない。

「うお、うおおおっ、や、やばいねこいつは。どうにもこうにも打つ手がない」

　早見がぼやくと沙遊里が、

「なんとかしなさいよ、東澱の御曹司」

「あれれ、ここでイヤミですか？　やっぱりおまえも映画屋だねえ——ま、やるしかないけどな」

ぼやきながら、早見はシートベルトを外した。そして上着を脱ぎ始める。

「お、おいミミさん、何する気だ？」

「もうちょっとだけ持ちこたえてくれ——おっとと」

後部席に置いてあったペットボトルを手に取り、広げた服にドリンクをじゃばじゃばとかけていく。

がこんがこん揺れながらなのに、動作に迷いがないので、あっというまに服はまんべんなく、ぐっしょりと重くなる。

「よっ、と——」

窓を開けて身を乗り出す。濡《ぬ》れた服を風に膨らむ旗のようになびかせたかと思うと——次の瞬間にはその服は後方に飛んでいき、今まさに追突しようと接近していた車のウインドウにべったりと貼り付いた。

車はそのまま伊佐たちの車にぶつかってきたが、その衝撃で自らも方向感覚を失い、立て直そうとして左右にふらふらと揺れたあげく、左を塞いでいた仲間の車の斜め後ろに突っ込んだ。

二台はスピンしながら道路の壁面に激突して、そこで動きを停めてたちまち置いていかれて視界から消える。

早見は身を乗り出していたときにぶつけられたので大きくよろめいて落ちそうになったが、なんとか立て直して車内に戻る。

残るは右側に位置していた車だけだ——そいつはすぐにスピードを緩めて、伊佐たちの後方に下がって、そのまま追跡してくる。ぶつけて即座にこちらの動きを停めるより、とにかく逃げられるのを避けるための処置であろう。

「判断の切り替えが早い——あいつがリーダー格だな」

伊佐がそう言うのと同時に追跡車の窓が開いて、

助手席の者が顔を出してきた。

御堂比呂志だった。もう一度濡れた服を投げつけても、今度は簡単に剝《は》がされるだろう。

「仲間を助けに戻らない――ひでえ連中だな」

早見は顔をしかめた。すると沙遊里が、

「それは当然――目的がはっきりしているから、末端の人間たちなど一々かまってはいられない」

「それも映画屋流のやり方か？」

「そうよ」

「どうかしてんじゃねーか、おまえら」

「東澱だって似たようなものだと聞いているわよ」

「あのなあ、いくらなんでも――」

と早見が言いかけたところで、服を脱いだときに外に出していた携帯電話が着信を告げて、席の上でぶるぶると震えだした。

早見はちょっとためらったが、電話を手に取った。そして発信者名を見て、うわ、と声を漏らして、そして沙遊里に、

「いや……おまえの言うとおりかも知れないなあ――」

と、疲れたような口調で言った。

＊

「――ぬ」

と御堂が眉を寄せたのは、じりじりと車が引き離されていったからだ。じろ、と運転している田辺の方を睨む。

「し、仕方ねえだろ、上り坂なんだから。こっちの方が重いんだ」

「坂を抜けたら、一気に追いつけ」

「わかってるよ――もうぶつけない方がいいんだろ？」

「もうすぐトンネルだ。そのときに斜め後ろにつけて壁に押しつけろ」

「うう――わあったよ」

田辺は不快感を露《あら》わにしつつも、うなずかないわけにはいかない。

沙遊里たちの車が坂の頂点を越えて、その向こう側に消える。

そして御堂たちの車がその位置に追いつき、乗り越えたところで——変なものが眼に入った。

女だった。

スーツ姿の若い女が、ひとり道路の真ん中にいた。沙遊里たちの車と御堂たちの間に立っている——立ちはだかるように。

「な——」

御堂比呂志の顔が驚愕で強張る。知っている顔だった。その女の顔を知らないヤツは二流三流のモグリであった。ましてやサーカムの系列で、ペイパーカット関連の仕事に少しでも関わっている者にとってその女は、恐るべき宿敵でもあるのだから。

若くして警備保障会社を始めとする数々の企業の代表職を務めている女性。

東澱奈緒瀬。

大勢の偉い男たちを怯ませてきた彼女の鋭い眼光が、真っ向から御堂たちを射抜いていた。

(な、なんで東澱奈緒瀬が、直々にこんなところに——)

御堂は驚きのあまり、絶句してしまって田辺への指示が遅れた。

「お、おんなァ!!」

田辺は仰天《ぎょうてん》して、思わず急ブレーキを掛けながらハンドルを横に切った。

車は大幅に減速して、よろめいた。正面衝突のコースからは外れて、車は彼女の横を通過して、トンネルに突っ込んでいく。

「————」

奈緒瀬は表情ひとつ変えず、ふん、とトンネルの方を振り返る。

「さて——引き離しには成功したわよ。あとは任せるわ——〝ロボット〟さん」

車のエンジン音がどんどん遠ざかっていく。トンネルの奥へと進んでいく。

「な、なんだったんだ、今のは？」

田辺はまだ信じられない、という顔をしている。御堂の方を見るが、そっちも動揺が抜けないままのようだった。

しかし、彼らに混乱から回復する余裕はなかった。

トンネルの中で彼らを待っていたのは、さらなる怪異だった。

スピードを落としたので、沙遊里たちとの間はかなり広がってしまった。そしてその中間にまた、一つの影が立ちはだかった。

ひょろり、と背の高い瘦せた男のシルエットだった。

「う——」

今度も知っている顔だった。それを確認すると御堂はすぐに叫んでいた。

「——轢《ひ》き殺せっ！」

「で、でも——」

「かまうな！　どうせ人間じゃない！」

その言葉の意味はわからなかったが、田辺は眼をつぶりながら思い切りアクセルを踏み込んでいった。

背の高い男——千条雅人はその接近してくる大きな影を前にしても、

「…………」

と能面のような無表情を崩さない。

その手には太いロープのようなものが握られていた。それは車輛の通行止めなどの際に張られる鎖だった。

じゃらり、とそれを持ち上げる——次の瞬間には、それはまるで生きている蛇のようにのたうって、地面から跳ねるように離れて、飛んでいく。

御堂たちの車へと。

狙いは窓ではない。その軌道は極端に極端に低い。車体よりもさらに下——その底に当たる位置だった。

シャーシと車輪とをつないでいる軸——そこへと伸びていく。

千条が、ぱっ、と手を離すのと、鎖が車輪軸に巻き込まれるのは同時だった。


がしゃぐぎゃごぎががごごがぎぎっ——。


形容しがたい耳をつんざく異音を放ちながら、車はあり得ない制動を急に受ける形になって、設計を遥かに超える動きを実現した。

その場で跳躍を伴う前転宙返り——バク転した。

車はトンネルの天井にぶつかると、下へ落下し、彼の前まで滑ってきて、そして寸前で停止した。

千条は、一歩もその場から動かず、かわす素振りさえなかった。

計算していたかのような正確さ——いや、計算していたのであった。

そこで停まることは、彼には最初からわかっていた。だから、その長さの鎖を投げたのである。

ういいいいーん——とまだ作動している車の後輪が虚《むな》しく回り続けている。

千条はその車に接近していき、そしてドアの開けっ放しの窓から中の御堂比呂志を引きずり出した。

「ぐ、ぐぐぐ——」

比呂志は苦しげな呻き声を上げていた。肋骨《ろっこつ》を痛めたらしい。しかしそれ以外の怪我《けが》はしていないようだ。

「運が良かったですね。脳挫傷《ざしょう》もあり得たんですが」

千条は淡々とした口調で言う。そんな彼を御堂は憎くてしょうがない、という眼で睨みつけて、そして怒鳴った。

「き……貴様ァ！　どうしてサーカム所属の貴様が、東澱奈緒瀬の手先になっている！」

怒鳴る声も苦痛でかすれている。これに千条は、

「別にそういうわけではありません。これは偶発的な共同作業であり、意図的であるというには証明する証拠に欠ける状況に過ぎません。証拠がなければあなたの抗議も無効です」

と、早く仕事を終えて帰りたいだけの劣悪裁判官みたいな事務口調で言った。

「ふ、ふざけやがって……！　私は、おまえのような実験動物などとは訳が違うんだぞ！」

「あなたのサーカム財団内の特別な立場については承知していますが、あなたからの事前の活動内容の申告がなく、協力も求められなかったので、私も自分の職務を遂行したのです。これにはなんの問題もありません。そして実験動物という表現も適切ではありません。あなたの理解力に対する判定材料として用いれば、Cマイナスの評定をつけざるを得ないでしょう」

横で発言を注意してくれる者のいないときの千条の言葉は、ひたすらに馬鹿丁寧でまったく共感を呼ばず、一切の遠慮がない。

「き、機械の分際で——おまえなどに私と舟曳監督の偉大な仕事が理解できるものか！」

「それを理解する必要がどこにあるのでしょうか。我々の本来の仕事とは異なります。むしろあなたの逸脱行為の方が問題です」

「おまえには安全装置が付いているはずだ。サーカム幹部を攻撃できないはずだ！　どうなっている？」

「今、車の中にあなたがいたかどうかは仮定の域を出ませんでした。ウインドウが不透明でしたから。攻撃すべきであるという前提を覆すほどのものではありません。それに、あなたは車に乗っているべきでもありませんでした。あなたが乗っているのは憂慮すべき事態です。思慮深く行動することを求めら

れるサーカム幹部が、こともあろうに幼児を殺傷しかねない行為を率先して行うなど――」

千条が御堂を押さえている手の力は、万力《まんりき》のように強く固定されていた。

「――表沙汰になったら大変な損失につながりかねません」

その声のあまりの冷たさに、御堂の怒りの熱が引いた。

「……なに？」

「あなたは個人の目的意識が強すぎて、全体の調和を乱す傾向があります。これを放置しておくべきかどうか、難しい判断が必要でしょうね――」

千条は分析するような眼で、御堂のことをじろじろと見つめている。

「き、貴様――まさか」

御堂の顔に恐怖が浮かんできた。

「ソーントンに、なにか命じられてきたのか……俺を、どうするつもりだ？」

その問いに、千条は答えずにさっきも言った言葉を繰り返した。

「今の衝撃は、大変に強いものでした――脳挫傷もあり得ましたね」

そして、押さえつけたまま御堂の頭に指先を触れる。

さあっ、と御堂の顔が一瞬で青ざめた。

「ま、待て！　早まるな！」

千条はこれには応じずに、ゆっくりとした動きで御堂の禿頭を撫で回している。

「わ、わかった！　貴様が知りたいことはなんだ？　なんでも教えてやる。一緒にやろうじゃないか。わからんのか？　私がいなくなったら、崇高な仕事が途切れてしまうんだぞ！」

「僕は、あなたと共同で仕事に当たるようには言われていません。僕のパートナーは伊佐俊一で、彼の指示に従うのが第一です」

千条は言いながらも、手の動きを停めない。場所を探しているようだった。なにか重大な箇所を。生命に関わるようなその一点を。

ぐっ、と御堂は奥歯を嚙み締めた。説得は不可能だった。こいつの頭の中にあるのは計算だけで、欲望などどこにもないのだから。

「貴様は――」

御堂が言いかけたときに、変化が起こった。

千条が顔を上げて、ひっくり返った車の方に視線を向ける。

そこには、運転席から這《は》い出してきたヤクザの田辺利雄がいた。

「て、てめえ――この野郎……」

ふらふらしながら立ち上がり、拳銃を抜いて千条の方に銃口を向ける。

「………」

千条はなおも御堂から手を離さずに、どうすべきか考えているように、かすかに首を傾げた。そして、ぽつりと呟いた。

「――あと三歩ですね」

言われて田辺は、意味がわからず眉をひそめた。

「あ……？」

そんな彼に、千条は静かに、

「あなたは側頭部を強打し、出血が眼に流れ込んでいます。片眼の視力が低下しているはずです。立体視ができない状態です。それに身体に衝撃が残っている。拳銃をかまえる腕にも震えがある。その位置では僕に命中させることは無理です」

と他人事のように説明し、さらに言う。

「あなたが有効弾を撃つためには、あと三歩前進する必要がある。だから、僕はあなたがその位置に来たら行動に移ります」

「行動……？」

「あなたを再起不能にし、この場での危険性をゼロにする」

それは威嚇《いかく》と言うには、あまりにも淡々とした言い方だった。あまりにも簡単に言われたので、田辺も反応にとまどってしまった。舐められたら怒る、ビビっている相手には強気に出る、彼はそうやってきて、とにかく退《さ》がるということだけはしてこなかった。それで負傷したとしても、勲章だとしか思わなかった。相手に精神的には負けなかった、ということだと信じている。

しかし、こいつは——

「どうします？　選択権はあなたにありますが」

千条はそう言いながら、視線を彼から外して御堂の方に戻してしまう。無視しているのか、やはり馬鹿にされているか——しかし田辺は、そんな感じが全然しなかった。こいつに勝つとか、負けるとか——そういう気持ちが実感として湧かない。

（さっき御堂さんは、こいつのことをなんと言っていた？　たしか——）

人間じゃない、と——あのときには意味がわからなかったが、今はなんだか、その言葉が重くのしかかってきていた。

もしも、三歩前に出たらどうなるのだろうか——

（い、いや——そんな弱気でどうするんだ！）

田辺は引き金に掛けた指に力を込めた。銃声が響いた。

御堂はびくっ、と身を竦《すく》ませたが、千条はまったく反応しなかった。しかし田辺が一歩だけ前に出ると、

「あと二歩です」

と即座に言った。しかし視線はやはり向けない。ちらと見もしない。視界の隅で捉えているから充分、とでも言うかのように。

「ふ、ふざけるんじゃねえ！　今度はドタマぶち抜くぞ！」

「ドタマ、というのは頭部の俗称ですね。ですからそこには当たりません」

「こ、この野郎——」

意識しないうちに、前のめりに動いていた。その途端、

「あと一歩」

という声に身体が、ぎしっ、と強張ってしまった。うぐ、と喉から声が漏れた。自分の声ではないみたいだった。

「う、うぐ、うぐぐ……」

拳銃をかまえた腕がぶるぶると震えだして、狙いをつけるどころではなくなってきた。もしここで発砲したら、まぐれ当たりで千条に命中することもあるかも知れない。しかし千条はそんな可能性をまるで恐れていないようだった。それは喩《たと》えるならば、道を歩いていて隕石《いんせき》が落ちてきて頭部を直撃する可能性はゼロではないが、誰もそんなことを気にして生きていないのと同じ、とでも言いたげだった。目の前に拳銃があろうと、確率は確率だと完璧に割り切っていた。

「うぐぐ……ぐぐっ」

田辺の意識が遠くなりかけたところで、千条は御堂の頭を撫で回していた手の動きを停めて、そして言った。

「確認できました。頭部に打撲の痕跡はありません。脳挫傷の可能性はゼロになりました。よかったですね」

そう言われて、御堂の眼が点になる。

「――は？」

「今、触って分析しましたから間違いありません。見えない内出血の類《たぐい》もありませんでしたから」

千条の声はあくまでも冷ややかだった。御堂は眼をぱちぱちとさせて、

「……す、するとおまえは――別に私を殺そうとしていたんじゃなくて――」

言葉の途中で、どっ、と冷汗が溢《あふ》れ出してきた。

千条はその彼の様子を見て、

「軽いパニック症状が見られますね」

とまた冷静な口調で言った。その横で、田辺がへたへたと腰を抜かしてへたりこんで、拳銃を地面に落とした。

そこへ、足音が響いてきた。トンネルの両側から接近してくる。

「終わったみたいね――まあ、容赦のないこと」

奈緒瀬と、彼女の部下たちが先に来て、そして続いて向こう側からやってきたのは、早見壬敦と伊佐俊一、そして舟曳沙遊里だった。彼女は動けない御堂に向かって、

「また会ったわねえ、追跡、ご苦労様」

と小馬鹿にした口調で言った。それを聞いて、御堂は奇妙なことに、深い安堵を覚えていた。冷たい方程式の地獄から人間の領域に戻ってきたような気がしていた。

6

「な、なんだったんだ……？」

誉田紀一は茫然と、舟曳沙遊里たちが去っていった方角を見ていた。

車から降りて、道路にふらふらと歩み出る。なんだか大きな音が聞こえてきたような気もする。事故が起こったのかも知れない。どうすればいいのか、彼には判断ができなくなってきた。混乱していた。そのためだろうか、後方から車の走行音が聞こえてきたとき、つい反射的に道路脇の物陰に隠れてしまった。

やってきたのは大型車だった。その車は紀一たちが乗ってきた車を見つけると、その横へと停めてきた。隠れたまま見ていると、車からは黒服の物々しい男たちが数人降りてきて、そして誉田の車を観察して、うなずきあっている。

（な、なんだあいつら――あの車を探していたのか？　あのレンタカーを――それは、つまり）

「あれは君を探しているようだね」

耳元で急に囁かれた。びくっ、と振り向くまでもなく、彼の側に飴屋がいるのはわかっていた。

「れ、レンタカーを借りたのを辿《たど》られたんだ――俺

の名前とかは完全に知られているってことだ……！」

「で、どうするね」

「に、逃げるしかないだろ――」

物陰に隠れたまま、じりじりと後ずさり、向こうから見えないように気をつけながら紀一は逃走した。

だから彼は、その後でここに来た車の中からもう一人、女性が降りてきたところは見なかった。

彼の妻、誉田梨子に気づかなかった。

＊

「代表、誉田紀一が借りていたレンタカーを発見したそうですが、乗り捨てられていて、もう誰も乗っていなかったそうです」

部下の報告に、奈緒瀬は少し顔をしかめた。そして伊佐たちの方につかつかと足音を鳴らしながら近づいていき、

「さて、説明してもらいましょうか？」

と早見と伊佐に向かって尖った声で訊いてきた。

男二人はなんとなく顔を見合わせて、

「いや――俺たちにも正直、何がなんだかわからない状態で」

「つーか、おまえは何してんだよ。急に電話を掛けてきたかと思えば、こっちが逃げてる途中だってことまでなんで知ってたんだよ？」

「お兄様は少し黙っていてくださいませんか？　こっちの質問の方が先です」

奈緒瀬がぴしゃりと撥《は》ねつけたら、彼女たちの下の方から「へえぇ」と感心したような少女の声が響いた。

「あんた、ほんとうに東澱奈緒瀬の兄貴なのねえ。なんか信じられないけど」

沙遊里はそう言って、早見と奈緒瀬を交互に見比べている。奈緒瀬は少し唇を引きつらせて、

「お嬢ちゃん、あなたは――」

引っ込んでいろ、と叱責《しっせき》しようと息を吸い込んだら、沙遊里の方が先に、

「ああ奈緒瀬さん！　あなたのことはもちろん知っているわ。本当はあなたの方に相談したかったのよ。やっと直接会えたわ。悪くない話があるんだけど聞いてくれないかしら？」

と一気にまくし立てた。奈緒瀬はタイミングを失って口をぱくぱくさせてしまう。するとそこで御堂たちを奈緒瀬の部下たちと共に拘束して車に運び込んだ千条雅人がやってきて、

「やあ伊佐、お待たせしたね。どうやらサーカムの内部事情の方も整理がつきそうだから、これからはいつものように君と僕で一緒に行動できると思うよ」

と前後の脈絡を無視していきなり大きな声で言った。奈緒瀬は思わず彼の方をきっ、と睨んで、それから何故か伊佐の方も睨んだ。

「な、なんだ？」

とまどう伊佐に、奈緒瀬はずい、と近寄って、

「――これからはわたくしも同行させてもらいますけど、まさか文句はおありにならないでしょうね？」

と強い口調で言った。伊佐はぎくしゃくとうなずいて、

「ま、まあ好きにすればいいんじゃないのか」

と弱気な口調で肯定した。するとその横で早見が苦笑気味に、

「なんか勢揃い、って感じだな。大丈夫かね、収拾つくのかこれ」

と言った。

＊

「――――」

東澱奈緒瀬の部下たちがレンタカーの周辺を探し

回っているのをよそに、誉田梨子はその車の方に寄っていった。そして夫がいたという車内を覗《のぞ》き込む。

（なにしてたのかしら、キーちゃんは——）

知らない車の中はひんやりと冷たく、人のぬくもりのようなものはもう感じ取れなかった。

運転席に座ってみて、ため息をついて、そしてハンドルにもたれかかって、もう一度ため息をつこうとしたところで、助手席の足下に何か落ちていることに気づいた。

（なにかしら——）

手を伸ばして、拾い上げる。それは一枚の紙切れだった。そこには手書きの文字でこう書かれていた。

〝これを見た者の、生命と同じだけの価値のあるものを盗む〟

梨子は顔を不快そうに歪めた。その文章は知っていた。たしか『楽園の果て』に使われる言葉だ。やはり夫はあの未完成映画に未だ取り憑《つ》かれているのか、と思うといまいましくなってきて、彼女はその紙切れをくしゃくしゃと丸めて、そして外に捨ててしまった。それはすぐに風に乗って、どこへともなく消えてしまった。

CUT/6.
Riko Honda

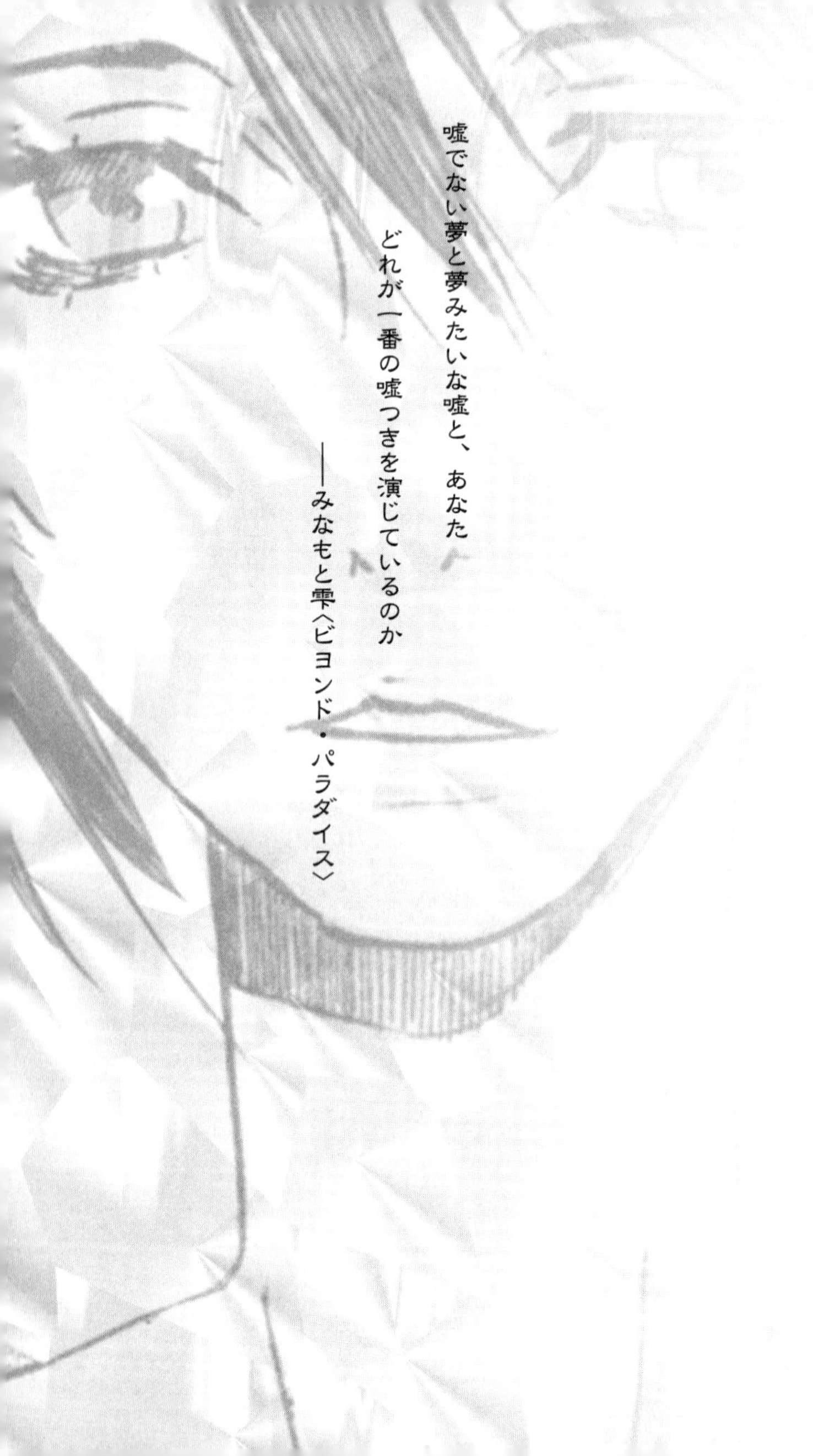
嘘でない夢と夢みたいな嘘と、あなた
どれが一番の嘘つきを演じているのか
――みなもと雫〈ビヨンド・パラダイス〉

1

――こんな夢を見た。

自分は小さな沢蟹《さわがに》になっている。川底をうろついている。

すると大きな影が頭上を覆い、気がつくと水の中から出されている。笊《ざる》に掬《すく》われて、人間に獲《と》られてしまったのだ。

そして同じような蟹たちと一緒の籠《かご》にどさと放り込まれる。幾重《いくえ》にも折り重なって、積み重なった蟹たちはわきわきと藻掻《もが》いているが、多少動けたとしても蟹の脚では籠をよじ上ることなどできずに、その場で虚しくぐるぐる回るだけだ。

やがて籠が持ち上げられる。どこかへと運ばれていく。

そして臼《うす》の中にどさささと投げ入れられる。杵《きね》が振り下ろされて、蟹たちはぶしゅぶしゅと潰されていく。殻ごと粉砕される。そのまま唐辛子と混ぜられて漬け物になる。

漬け物になった自分は、瓶に詰められて、熟成するまで延々と放っておかれる。

どれくらいの時が経ったのかわからないが、とうとうその瓶の蓋が開けられるときが来る。

「うわあ、気持ち悪い」

という声が聞こえる。しかしその中で箸が伸びてきて、彼の身体の切れ端が摘《つま》まれる。

持ち上げられて、食べられる。

「あれ、意外にうまいよ」

その声は、誰の声なのか――それを考えたときに、いったん眼が醒める。

すると目の前には舟曳尚悠紀監督が立っていて、厳しい顔をしている。

「どうだ比呂志、やれるか？」

そう訊かれて、彼は即答できない。既に身体は限界だ。急斜面の坂を何回も全力疾走で走り続けさせられて、脚の痙攣《けいれん》が止まらない。喉もぜいぜいと鳴り続けていて、言葉を発するのも困難だ。それでも彼は、やれます、と言う。

「ようし、いい眼だ。わかってるな、このシーンは作品の肝《きも》だ。ここでよろよろになった主役を見て、観客は『犬の世界』の掟《おきて》を理解するんだ。ここでは誰も立ち停まってはいられない。停まるときは最期のときだと実感として捉える——生きるか死ぬか、その縁を走っているんだ」

用意、アクションの掛け声と共に彼はまた走り出す。何度か足を滑らせて転倒しかけるが、それでも手で地面を押し返して体勢を戻して駆け続ける。頭が朦朧《もうろう》として、意識が遠くなる。

そしてまた眼が醒めると、目の前で女が叫んでいる。

「あんたはいつもそうよ！　仕事が大切とか言ってるけど、ほんとは自分じゃなんにも決められないもんだから、他人に責任を押しつけてるだけよ！　監督がやれって言ったら、なんでもやるんでしょう？　そうすれば自分じゃなんにも考えなくていいからって！」

その女が妻であることはわかるが、二番目のヤツだったか三番目のヤツだったか、どうしても思い出せない。あるいは籍を入れるところまでいかなかったヤツかも知れない。考えていると頭がぼうっとしてきて、意識が薄れていく。

そしてまた目覚めると、雨が降っていた。茫然と立ちつくしている。黒い服に白いネクタイを締めていて、手には数珠《じゅず》を握りしめている。目の前を棺《ひつぎ》が通り過ぎていく。

その後ろを、ちょこちょことついてくる小さな影が目に入った。その女の子のことは以前から知っていたが、会ったのはそのときが初めてだった。

片手に猫のぬいぐるみをぶら下げて、状況がわかっているのかいないのか、棺の方はあまり見ずに、周囲の葬儀参列者ばかりを見回している。そして、彼と眼が合った。女の子はぬいぐるみを持ち上げて、胸に抱きかかえて、そして言った。

「ばっかみたい」

その舌っ足らずな言葉は妙に鮮明に、彼の耳朶《じだ》を打った。はっ、と冷や水を浴びせられたような感覚にとらわれた彼はめまいを感じてよろめいた。

がくん、と崩れ落ちそうになったので、あわてて身を起こそうとして、そして……

「…………っ！」

そこでやっと、御堂比呂志は本当に眼を醒ました。

身体に振動が伝わってくる。走っている車に乗せられていて、安全ベルトと手錠で拘束されているのだった。

「お目覚めか」

そう言ったのは、バントラックの後部スペースに設置された向かい合わせの席についている早見壬敦だった。彼だけで、他の人間はこの空間にいない。

「気絶したまま起きないかと思って、ちょっと心配しちまったぜ」

「ああ……君は知ってるぞ」

御堂はうっすらと笑みを浮かべた。

「東澱壬敦だな。なるほど、グッドコップ・バッドコップ・ルーティンってヤツだな。怖いヤツの後では優しいヤツが出てくる、尋問の基本だな」

「さっきまでは怖かったみたいだな」

「そりゃもう――はは、頭が総白髪《そうしらが》になるかと思ったよ。おっと、俺には髪の毛はなかったか」

御堂は不敵に言う。早見は眉をひそめる。

「いくらなんでもやりすぎだとは思わないのか？」

「やりすぎ？　そいつは何に対してだ？　相手が爆弾を落としてきているのに、こっちは白旗だけで対抗しろと言うのか？」

「相手ってのは沙遊里のことだろ？　女の子相手に

いい歳した男が――」

言いかけたところで、御堂は呵々《かか》大笑した。

「――おいおい！　相手は東澱久既雄の寝所に一人で侵入するヤツだぞ？　軍隊でもできないようなことを平然とやってのけるヤツに、どうやったら〝やりすぎ〟なんてことになるんだ？」

「――――」

早見は顔をしかめた。反論しにくい話である。そこで矛先《ほこさき》を変えて、

「しかし、理解に苦しむな。あんたも俳優としちゃ一流だったんだろ？　自分でも監督もしてたっていうじゃないか。それなのに、どうして舟曳尚悠紀だけに固執《こしつ》するんだ？」

「君は、それをほんとうに知りたいのか？」

御堂はまっすぐに壬敦のことを見つめてきた。ちょっと嫌な感じがしたが、壬敦は、

「ああ、知りたいね」

とうなずいた。

「映画に興味がないのに、か？」

「それを言われるとアレだが、まあ一般論的な意味で、理解したいって感じだ。正直」

ちょっととぼけた顔をしてみせて、

「沙遊里のヤツが知りたがっている、その未完成映画のためのヒントなんてのはどうでもいいがな」

「言っておくが、私は最初からあの娘と対立していたわけじゃないぞ。あいつが秘蔵資料を見たいと言ってきたから、提供もしていたんだからな。裏切ったのはあいつが先だ。正式な版権は自分にあると主張し始めて、サーカム財団の上の方と勝手に話をつけようとしたんだ」

「あらら。まあそんなところだろうと思ってたけどよ」

「実際のところ、なんで裏切られたのかは未だによくわからん。独占したいと思ったのか――とにかく私を『楽園の果て』から切り離しにかかったので、それに対抗しただけだ」

「そういう話はよそうぜ。水掛け論になる。悪いのはそっちだとか言い合っても、どっちも感心できないことは同じなんだし」

早見は気楽な口調で言った。

「……何言ってるんですか、あの人は？」

奈緒瀬はイライラしながらスピーカーに向かって毒づいた。すると沙遊里が、

「まあまあ奈緒瀬さん、壬敦はあんな感じですよ」

となだめてきたので、奈緒瀬は少しとまどい、

（……なんか調子のくるう娘ね。妙に馴《な》れ馴れしいし――）

と心の中で呟いた。

彼女たちは今、奈緒瀬の管理下にあるホテルに車で向かっている。そして別の車で御堂を尋問させている早見の様子を無線で傍聴しているのだ。一人の方がいいと早見が言ったので任せた形になったが、やはり自分がいた方が良かったか、と奈緒瀬は思った。

（あの人はどうも、どんな相手でも無駄に同情する傾向があるから、逆に御堂にほだされなきゃいいけど――）

彼女が唇を尖らせていると、横から伊佐が、

「大丈夫だろう。ミミさんは人に信頼される不思議な才能があるからな。それもなぜか、悪者っぽいヤツに」

と言って、くすりと笑った。

「そう、俺みたいなヤツとかな」

「……わたくしは信頼してないんですけど。それにあなたも、別に悪者っぽくもありませんよ」

「そうかな。よく怖そうって言われるがな」

「そんなことはありません。全然そんなことないですから」

奈緒瀬が少しムキになって反論している間にも、早見と御堂の対話は続いている。

2

「君には、生命と同じだけの価値のあるものがあるか？」

「例の、キャビネッセンスというヤツの話か？　あいにくだが思い当たるもんはないね」

「君は欲もなさそうだしな。固執しているものは確かにあるまい——だが、なんとなくわかるぞ。君と俺は少し似ている」

「そうかね」

「俺は『楽園の果て』を探し求めている。あと少しでそれが摑めそうな気がしているが、どうしても手が届かないので焦っている。しかし東澱の次男坊どのは、大切なものをまだ探している途中なんだろう？　どこかに生命を懸けるに値するものがあるんじゃないか、と探し続けている——違うかね？」

「否定はしないが、人間は誰でもそうなんじゃないのか？　あんただって映画を撮りたいだけなら、さっさと撮っちまえばいいんだ。それをしないでごちゃごちゃやってるのは、変に生き甲斐みたいなもんを映画に託しすぎなんだよ。たかが映画だろ？　撮影は仕事の一種で、人生そのものじゃないはずだ」

「では人生とはなんだね？　えんえんと続く退屈な日常の繰り返しじゃないのか」

「映画は違うのか？」

「映画は短い」

「まあ、二時間ぐらいしかないしな」

「その短い間に世界を詰め込むことができる」

「世界とは大きく出たな」

「大きいも小さいもないんだよ。世界は世界だ。そこら辺に、どこにでも転がっている。それを如何《いか》に効率よく並べて、自分が納得する世界を提示するか、だ」

「愛の素晴らしさとか、正義は勝つ、みたいなテーマを、か？　映画はそんなんばっかりだぜ。下らない商業主義作品は無視か？」

「そういうのを客が求めているというのも、世界の一部だろう？　立派か通俗かは作品による。どんなにウケ狙いで金儲《かねもう》けのためだけに作られた作品でも、世界をうまく組み上げられたら名作だし、ありふれた世界しか提示できなかったら駄作だ。逆ではない」

「世界、世界って、それがなんだっていうんだ？」

「君は世界をその手に摑みたくはないかね？」

「なんの話だ？」

「世界を手にしたい、という気持ちは人間なら誰でも心の奥底に持っている。しかし人は自分の人生さえも把握することはできない。あまりに長すぎて集中していられない。すぐに気力が切れて退屈してしまう。だが映画なら、二時間、長くて三時間くらいならなんとか辛抱できる——把握することができる。だからその中に世界を詰め込めば、観客は一瞬のまやかしであろうがなんだろうが、世界をその手に摑むことができる。わかるかね、いい映画を創るということは、この世界よりもましな世界をもうひとつ創るのと同じなのだ」

「難しいっていうよりも、なんか強引な理屈って気がするぞ」

「俺の考えじゃない、舟曳監督の意見だ。最初にその話を聞かされたときには、俺も今の君と大して変わらない感じだったよ。しかし、実際に自分も撮影に参加して、だんだんその感じを摑めるような気がしてきたんだ——くだらないものが多すぎる世界を、自分たちの把握できるものだけで再構成するって感覚がな」

「世界をコンパクトにまとめる——それがキャビネッセンスという発想に近いものがある、ということか？　それでペイパーカット云々《うんぬん》という謎に関連していると？　あれを信じているのか」

「さあな。信じているとかいないとかは正直二の次だ。だがサーカム財団から金を引っ張る口実にしているのは否定しないよ」

「舟曳監督の死因は、あんたも異変によるものだと思っているのか？」

「俺の知る限りでは、監督は脳溢血《いっけつ》だ。『楽園の果て』のイメージを掴もうとしすぎたんだ。そういう意味では主人公Ｐに殺されたと言えないこともない」

「ペイパーカットは関係ない、と？　だが舟曳監督はどこからその話を聞きつけたんだと思う？」

早見がそう切り出すと、御堂は少し沈黙してから、

「……それはなんとも言えない。そのヒントがあるかも知れないと以前からペイパーカットに迫っていたサーカムに入ってみたが、手掛かりはなかった。ただ、途中で監督は実物よりも自分のイメージを大事にしているようだと気づいて、あまりそのことを考えなくなったたな」

と、やや歯切れの悪い言い方をした。早見はおやと思い、

「監督自身が予告状をもらったんじゃないか、とは思わないのか？」

とさらに突っ込んでみた。しかし御堂はこれには淡々と、

「それを調べたくてサーカムに入ったようなものだ。だが監督の近辺から消えていたものはなかった。何も盗まれていない。これはペイパーカット現象とは一致しない」

そう答えたが、これに早見は少し違和感を覚えた。なんだか科白を喋っているような気がしたのだ。リハーサル済みで、こう言われたときにはこう答える、みたいな――そこで特に根拠もなく、

「あんた、なにか隠しているな？」

と訊くと、御堂はニヤリとして、

「君は、どうやらペイパーカットにはあまり興味がないな？」

と言い返してきた。早見が虚をつかれて一瞬絶句

したところに、さらに御堂は言葉を重ねる。

「なんだかさっきから、君はおれがどう思うかというようなことばかり訊く。君が関心を持っているのは俺の方で、舟曳監督でもペイパーカットでもないみたいだ。俺のことが知りたいのか？」

「――――」

早見はやや眼を細めて、御堂のことを見つめ返した。それからおもむろに口を開いて、その名を口にした。

「ヒライチ、ってのは誰だ？」

するとと途端に御堂の顔色が変わった。硬直して、頬《ほお》に赤みが差した。こみ上げてきた怒りを堪《こら》えているようだった。

「……君がそいつのことを知らないのなら、知らないままで充分だ。その程度のヤツだ」

「映画の関係者なのか？」

「映画の製作スタッフとは関係がない。部外者だ。調べても無駄だぞ」

「そういう人物が舟曳監督の周囲にいたのは間違いないのか」

「だから無関係だ」

御堂は完全に意固地になって、拒絶を繰り返した。

「……誰ですって？」

奈緒瀬が眉をひそめると、横から伊佐が、

「そういう落書きが登ってきた山に書かれていたんだ。監督の筆跡らしき字で〝ヒライチ、助けてくれ〟ってな」

と説明した。奈緒瀬は「へえ」とうなずきかけて、それからちょっと首を傾げて、

「……それをわたくしが聞いているところで言ってもよかったんですか？」

と眉を寄せながら呟いた。

「だって、伊佐さんとしてはせっかく摑んだ貴重な情報でしょう？　ライバルのわたくしに軽々しく教

えない方がよかったんじゃありませんか。やっぱり壬敦お兄様はすこし不用心です」

真顔《まがお》で言われたので、伊佐は苦笑して、

「そんなことを一々気にしていたら何もできないだろう。でも、ありがとう。気を使ってもらって。あんたって結構優しいな」

と言うと、奈緒瀬はなぜか眼を丸くして、口をもごもごと動かして、それから顔を伏せてしまう。

「……変なところでお礼なんて言わないでください。反応に困ります」

「そうか、気を悪くしたのなら謝るよ」

「だからそうじゃなくて——ああもう」

奈緒瀬が首を左右に振り回して苛立っていると、その懐で携帯電話が着信を告げた。部下からのものだったので、即座に出る。

「なに？」

〝代表、こっちで一緒にいる誉田梨子さんが、聞いてほしいことがあるそうです〟

「わかったわ。本人に替わって」

〝はい。それでは——〟

〝……あ、あの、東澱さん。私ちょっと気づいたことがあって、その〟

「なんですか？　なんでもいいですから言ってみてください」

〝この辺、昔来たことがあったんです。それを思いだして、その〟

「それはご主人と一緒に、ですか？」

〝はい、そうです——結婚前に『楽園の果て』に関係するところを二人で回っていた頃に、一度だけ——それで、そのときは、私たち島に行ったんです〟

「島？」

〝ええ。そこにはちゃんとした名前があったと思うんですけど、私たちは——〟

奈緒瀬が電話に出ている間に、その会話を横で聞いていた沙遊里がいきなり動いて、早見のところに繋がっている回線のマイクをオンにして、それに向かって言った。

「壬敦、ちょっと御堂に〝鬼ヶ島〟のことを質問しなさい」


(――は?)

その声は早見の耳に入っているイヤホンに届いた。

(なんだあいつ、いきなり――なんのことだ?)

訳がわからなかったが、とりあえず早見は言われたとおりに訊いてみる。

「なあ御堂さん、ちょっと唐突なんだが――鬼ヶ島、って言われて思い当たる節はないか」

その言葉を耳にした御堂は、むっつりと押し黙り、もう何も言わなくなった。何かあるのは確実だった。

(島――海沿いのこの辺りにあるのか?)

そこに接近したことが、御堂が彼らを急襲した理由なのだろうか。

するとイヤホンからまた沙遊里の声がした。

〝ふん、ぐうの音も出ないみたいね。もういいわよ壬敦、そいつから聞き出せることはたぶんもうないわ。こっちの方で情報は掴めたみたいだし〟

勝手に納得している。早見は困ってしまったが、話の途中もいいところなので、仕方なく、

「ええと、御堂さん――まだ、最初の質問に答えてもらっていないんだが」

おずおずとそう言う。御堂は反応しない。早見はそれをもう一度言う。

「俳優として一流、自分で監督もできる、そんなあんたが、何故そんなにまでして舟曳尚悠紀の跡を継ぐことだけに固執する?」

「………」

御堂はどこか昏《くら》いものを湛《たた》えた眼で、早見のことを見つめ返している。そして言う。

「君は、自分が蟹だと思ったことはあるか?」

「……は？」

「蟹は川底から浚《さら》われてきて、潰されるんだ。唐辛子まみれにされて。それが世界というものだ。それが避けられないのならば、せめてうまいと言ってくれる人間に食べられたいと思わないか？」

「……なんの話だ？」

早見は困惑するしかない。そんな彼に、御堂はどこか投げやりに、

「君は、ひとつ肝心のことを勘違いしている。俺は舟曳監督に代わって『楽園の果て』を完成させようとしているんじゃない。ただ続けているだけだ」

「どういうことだ？」

「監督の指示は、もう出ている……だからそれを解釈して、フィルムに移す作業を続けているんだよ、俺たちは」

「……よくわからんが、つまり――あんたが監督として作品を完成させたいってわけじゃないと？」

「映画ってのは、共同作業だ。優秀なスタッフは言われなくても監督の意図に従って画面を創るもんだ。現場で監督席が空いていようがいまいが、そんなことは映画そのものとは関係がないんだよ」

3

〝それで、その鬼ヶ島っていうのがどこなのか、あなたはわかるんですか〟

奈緒瀬にそう訊かれて、梨子は口ごもった。

「それが――その、どこかの島だってことはわかるんですけど、色々と調べて手配したのがキーちゃんだったので……港はわかりますけど」

〝この辺は島が多いんですか？〟

「は、はい――それも、無人島ですから」

〝なるほど――わかりました。詳しい話はホテルに着いてから聞きますので、いったん切ります〟

「は、はい――」

梨子は通話の切れた電話を、奈緒瀬の部下に返し

た。

「ど、どうもありがとうございました。あの——急に言って、ご迷惑じゃなかったですか？」

「いえ、そんなことはありません。むしろ助かりましたよ。代表は迅速な報告を推奨していますから」

「そうですか、ならいいんですが……」

「それより、私のところで少し整理をしておきましょう。あなたはご主人がその島に向かっていると思うんですね」

「わかりませんけど……でも、そんな気がします」

「わかりました。なら先に手を打っておきましょう」

男は携帯電話で別のところに色々と指示をした。

どうやらこの辺の港すべてに監視の者を置いて、誉田紀一が乗船しないかどうかを今すぐチェックし始めろと命じているらしい。奈緒瀬に言われる前から自主的に行動しているのだ。

（す、すごいわね……）

東澱という名前はもちろん知らなかったが、少し一緒に行動するだけでとんでもなく凄い組織だということが身に染みてわかる。とてもではないが彼女の頼りない夫がどうこうできる相手とは思えない。

（誰と一緒にいるっていうの？　その人がキーちゃんをそそのかしているに違いないわ。ああもう、何してるのよ——）

彼女がやきもきしている間にも、車は奈緒瀬の手配したホテルに到着した。

地下の駐車場で奈緒瀬や千条たちの姿を見かけるが、向こうは別のことをしているらしくこっちを見ない。その中に、手錠を掛けられている御堂比呂志の姿があるのを見て、さすがに眼を剝いた。

（……じゃ、ほんとうに『楽園の果て』のことで騒ぎになっているの？）

こちらです、とぼんやりしている梨子に声が掛けられて、彼女はびくっ、としてしまった。

「は、はい——」

案内されるままに、彼女はホテルの部屋に直に通された。チェックインとかの手続きは一切無しである。しかもツインルームを一人で使えということらしい。

「あ、あのう——」

「何かあったら呼んでください。渡した携帯だけを使って、ホテルの回線はルームサービスなどを頼むときだけにしてください」

「わ、わかりました——」

弱々しくうなずく。そして彼女は一人で取り残された。

「——」

茫然としつつ、ベッドの上にちょこん、と座る。こんな高そうなホテルには彼女は今まで泊まったことがない。

どうしよう、と思った。見張りなどはついていないようだが、あまり出歩かない方がいいのだろう。それに彼女だけでは紀一のことを探し出すのは不可能である。奈緒瀬たちについて行くしかないのだ。

そのまま、時間が過ぎていった。やがて部屋のドアがノックされる。

あわてて立ち上がって、鍵を開けに行く。しかしそこにいたのは予想した奈緒瀬たちではなかった。一人だけだった。

「こんにちは、誉田梨子さん——ね？」

そう言って微笑みかけてきたのは、小さな女の子——舟曳沙遊里だった。

＊

「え……？」

梨子がぼんやりしてしまうと、沙遊里はさらに笑みを浮かべて、

「入ってもいい？　お話ししたいんだけど」

と子どもらしく首を少し傾げながら懇願してきたので、梨子は焦りながら、

「う、うん——いいわよ。どうぞどうぞ」

と少女を促《うなが》した。おじゃまします、と沙遊里は可愛らしくお辞儀してから、ドアをくぐる。

「あの、私のこと知ってるの？　じゃ、あなたもやっぱり『楽園の果て』関係のことでここに？　東瀬さんに言われて——」

梨子の早口の質問に、沙遊里はにこにこしながらうなずいて、

「私のこと、知ってくれてるのね」

「そりゃもう！　舟曳監督のお嬢さんだもの！」

「でも、梨子さんはもう映画には関心がないんでしょ？」

「そうだけど、あなたは別よ！　うわあ——本物ってやっぱり可愛いわぁ——」

「うふふ、ありがと」

沙遊里は嬉しそうな顔をして笑う。

「えと、あなたもキーちゃん——ウチの主人のことで迷惑してるのかしら？」

不安そうに訊いてきた梨子に、沙遊里は、

「ううん、そんなことないよ」

と首を横に振る。

「なんか、私もほんとうはあの映画のことで少しうんざりしてて。ほら、監督の娘だから責任とかあるらしいんだけど、でも、ねえ——今さら、とか？」

「ああ、そうなんだ。そうよねえ、お父さんが亡くなったのって、あなたがまだ小さかった頃だもんねえ——」

「梨子さんの旦那さんの方が詳しいかも」

「ごめんね、ちょっと怖いのかな？」

「少しね。でもそんな風に大事に考えてもらえるなんて、舟曳尚悠紀監督って幸せな人だったんだって思う」

沙遊里は無邪気な顔をして、歯の浮くようなことを平然と言う。あれほど早見たちの前では毒づいていたのに、ここではまるで別人だった。どっちが本当なのか、どっちも嘘なのか、それを知っているの

は彼女ただ一人だけだ。

「私も、昔はほんとうに舟曳監督の映画が好きだったのよ。ううん、今だって映画だけならきっと好きだわ。ただ想い出の方が辛くなってきちゃって、それで」

「難しいんだね。私にはよくわからないけど」

「あはは、そりゃそうよ。大人の話だもの」

梨子は屈託なく笑って、それからちょっとびっくりした。こんな風に軽い雰囲気で過去を話せるとは思わなかったのだ。

（この沙遊里ちゃんのおかげだわ——不思議な魅力のある、優しい娘ね）

心からそう思えた。すると沙遊里がやや上目遣いに彼女のことを見つめてきて、

「——梨子さん、正直、どう思います？」

と真面目な顔をして質問してきた。

「え？　なにが？」

「あの映画ですよ。『楽園の果て』のお話のことです。あれって面白いんですか？」

「えーと——どうだろ、そもそもできてもいないものなんだし、今は難しくても面白くすることはできるんじゃないのかな」

「できますか？　そもそも信じられない話じゃないですか。キャビネッセンスなんて」

「そうね——でも人間は、ときには想い出の方が今の生活よりも重くなっちゃうこともあるから、その品物を盗まれたら死んじゃう、ってのはなんか、どきっとする設定だと思うわよ」

「そんなもんですかね。私には想い出がないから、ピンと来ないんですよね」

沙遊里はさらりとそう言った。

「え——」

「みんな言うんですよね、あのときは楽しかったとか、遠足でママの作ってくれたお弁当が美味しかったとか、ちょっと前のことを面白そうに。そのときはそんなに喜んでなかったことでも、振り返ってみ

ると特別なことだった、みたいな」

「で、でもあなただって、ママと楽しく遊んだ想い出くらいあるでしょ？」

「ああ、ウチはあんまり、そういうんじゃないので」

「どういう意味？」

「ママは、私のことが嫌いなんです。いや、怖いのかな？　そう、それこそ私が、嫌な想い出を想い出させるから」

かなり深刻な告白を、実に簡単な調子で平然と言う少女に、梨子は絶句してしまった。

（で、でも聞いたことがあるわ――そう、舟曳夫妻は、実は離婚寸前だったって――その前に監督が亡くなったって噂があった……）

梨子が言葉に詰まっていると、沙遊里は笑って、

「でも、別に私はママが嫌いじゃないんですよ。そんなに深入りしなきゃいいんです。大した苦労じゃありません」

と健気《けなげ》な表情をしながら言ったので、梨子はたまらない気持ちになって、彼女のことを抱きしめた。

「――ごめんなさい、私がつまらないこと言ったから……ごめんね、ごめんね……！」

泣き出してしまった梨子を、沙遊里は優しい手つきで抱き返し、その背中を撫でる。なんだか慣れている手つきだった。こういう話を何度もしてきて、どういう人間がどういう反応をするのか――何度もリハーサル済みの動作だった。

「いいんですよ、いいんです、気にしないでください」

「で、でも、でも――」

梨子は頭の中がぐるぐる回るような、変な感覚にとらわれていた。生まれることのなかった彼女の赤ちゃんと、目の前の舟曳沙遊里の印象がごっちゃになっていた。彼女たち夫婦と、この少女――そのどちらも舟曳尚悠紀によってもたらされたもの、という奇妙な共通点がここにはあった。

沙遊里はそんな彼女の複雑でやや混乱気味の心情を知ってか知らずか、無邪気な表情を浮かべて、

「それよりも、お話をもっと聞かせて欲しいんです。キャビネッセンスのこと」

「うん、いいわよ。私に教えられることなら、なんでも」

「たとえば、梨子さんのキャビネッセンスがあるとしたら、それはどんなものですか？」

「え？　そうね——それなら……」

彼女はふと思いついて、ベッドの脇に置いておいたハンドバッグを取り上げた。自宅からずっと持ってきたものだ。

「そう、きっとこんな感じのものなんじゃないのかな」

そう言いながら彼女が取り出したのは、一枚のリボンがついた細長い栞《しおり》だった。

「なんですか、それ」

「ほら、これってフィルムの形をしているのよ。舟曳監督の『静かなる人生』のフィルムの複製を使っているから、実際のシーンが切り取られているの」

「三十五ミリフィルムですね。五コマあるのかな」

沙遊里は手にとって、しげしげと眺める。

「これって、なにか想い出があるとか？」

「うん。これってキーちゃんがプレゼントしてくれたものなの。はじめて二人で映画に行った後で、近くのムービーショップに売ってて。いや、つまらないものなんだけどね——でも、なんかずっと取ってあって」

そう言って、彼女は少し悲しそうな笑みを浮かべた。

「ほんとうは、それを突き返してやるつもりだったの。キーちゃんに会えたら、すぐにその場で。こんなものもういらない、これ以上映画のことなんかにかまわないで、って——でも、なんかそんな気がなくなったわ」

「すてきなものなんですね」

沙遊里はフィルムのレプリカを天井の光にかざして、すかして見る。顔にその映画のシーンが映り込む。

「気に入ったのなら、あなたにあげるわよ」

「いいえ、とんでもない。もらえないわ」

「いいのよ、本当に。なんか未練たらしい気もしてたし」

「じゃあ――」

沙遊里は梨子の手を取って、栞をその手に握らせながら言う。

「私たち、ふたりのものってことにしませんか？ こうして会えた記念に」

「え？」

「駄目ですか？」

寂しそうな表情で、上目遣いにそう言われると、梨子に拒《こば》むことはできなかった。

「う、ううん。それでかまわないけど、でも――」

「わあ、嬉しい！」

沙遊里は顔をぱっ、と輝かせた。

「私、他の人とこういう風に同じものを共有するのって初めてなんです。大切なものって何もなかったから」

「じ、じゃあこれは、あなたに――」

「あら、それは駄目です。梨子さんが持っていてくれる、って思うから大切なものに思えるんですから。私のキャビネッセンスだわ」

楽しそうに言う表情は子どもらしくて、梨子は胸が締め付けられるような気がした。

（この娘は、今すでとっても寂しい生活をしてきたんだわ――）

梨子は自分が恥ずかしくなった。今まで彼女は、自分は被害者だとばかり思ってきた。みんなから無視されて、ひどい目にばかり遭わされてきたと思ってきた。だがこの沙遊里は、彼女よりも厳しい人生を送ってきたのだろう、と感じた。

「そうね――うん、私にとっても、これがキャビネッセンスだわ」

「なんか感激します。私が梨子さんたちの想い出の中に入れてもらえたみたいで」

「いや、そんな――」

梨子の方こそ感動が溢れてきて、胸がいっぱいになった。この娘が言うことならなんでもしてあげなきゃ、という気持ちになっていた。

そんなときに、ドアが再びノックされた。そして大人の声がする。

「どうも誉田さん、お待たせしました。今よろしいですか？」

はっ、と梨子は急に夢の世界から現実に戻された気がした。沙遊里を見ると、彼女は少し眉を上げて、

「あの人たち、ちょっと苦手――そろそろ戻るわ」

と言ったので、梨子は、

「あ、ああ――うん」

と生返事しかできなかった。そして奈緒瀬たちが入れ替わりで入ってくる。

「あれ？　なんであなたが先に――」

奈緒瀬は沙遊里を見て少し面食らったが、少女は何も言わずに出ていったのでそれ以上は追及しなかった。

部屋の外に出た沙遊里の前に、早見が立った。

「おい、探しちまったぞ。一応おまえの保護は俺の管轄ってことになっているから、黙ってどっか行くなよ――何話してた？」

「まあ、下準備かな」

沙遊里はさらりとそう言った。

「一般人は変なところで頑《かたく》なになるからね。緊張を解いて、私たちに協力してくれるようにしといたのよ」

大人でもそうしないような、冷静そのものの表情になっている。さっきまでの笑顔はもうどこにもなかった。

早見はため息をついた。

「あんまりアコギなことはすんなよ。どうもあの奥さんは可哀想な人らしいんだから」

「それはよくわかったわ――あれじゃあ、すぐに色んなヤツに騙される。……ちょっと似てた」

「誰に？」

「…………」

「いや、言わなくていい。なんかわかっちまったよ。おまえのお母さんだな？」

「…………」

沙遊里は無言で、その場を立ち去った。早見は肩をすくめながら、その後を追いかけていった。

4

「伊佐、君はやはり誉田紀一という人が本命だと思うかい？」

「わからん。確かにあらゆる状況が、彼とペイパーカットの関係を示してはいるが――」

サーカムの調査員《オプ》コンビは、ホテルの部屋には行かずに地下駐車場に停めたままの車内で話し合いを続けていた。

「ペイパーカットはこれまで必ず、何か特定のことに興味を持っていた。予告状はその近くにいつだって置かれていた。しかし今回、俺たちの前にその予告状の痕跡がない――あったとしたら、完全に見落としている。既に手遅れだ」

「未完成映画に関心があるのかな」

「あの『楽園の果て』か？」

「あれはどう考えても、ペイパーカットのことを題材にしているとしか思えないよ。舟曳尚悠紀監督はペイパーカットによって生命を奪われたんじゃないのかい」

「それなんだが――どうも俺には信じられない。予告状を直にもらって、それから映画の準備を延々と続けて、あげくに病死ともとれる最期を迎えるなんて、他のペイパーカット現象とあまりに違いすぎる。悠長すぎる。ペイパーカットは、もっとこう——」

伊佐は顔の前にかざした拳を、ぎゅっ、と握りしめる。

「——一瞬だ。即座に反応が起きる。それこそ殺される相手は、自分が死んだことさえ気づいていなかっただろう。あの舟曳監督という人は、印象だが、キャビネッセンスとは何か、といったようなことを考えて考えて、激しく足掻《あが》いていたような気がしている」

「すると彼は、どこからペイパーカットの情報を得たんだろうか」

「今の時点ではまったくわからない。御堂も知らなかったようだし」

「彼は嘘をついているかもよ」

「あいつも一応はサーカムに属している人間だ。あからさまに異なる情報を上層部に報告していたとも思えない。それにあいつは映画が創れさえすれば、あとはどうでもいいみたいだから嘘をつく理由があまりない。だが——隠していることはあるだろうな」

「それを確認することは難しい、ということだね。彼のところに予告状が来ている可能性はないのかな」

「ゼロじゃないが、違うだろう」

「では舟曳沙遊里は？　彼女は自分こそが今回の標的だと言っているんだろう？」

「だからこそ、予告状が来ていたら大威張《おおいば》りで俺たちに見せているだろう」

「彼女はどういう動機で事件に首を突っ込んでいるんだい。僕には理解しがたいけれど」

「俺だって理解に苦しんでいるよ。自分を見捨てた父親に対する対抗心かも知れないが、そんな簡単なものではない気もするし」

「それは父親よりも自分の方が偉大だと証明したい、という気持ちかい？」

「本人に訊いたらそう答えそうだな」

「でも、それは嘘だと？」

「女の子の気持ちなんてわからないよ」

「しかし、彼女はどうやら規格外の才能の持ち主であるのは間違いないんだろう？　一般の女の子の基準には当てはまらないのでは？」

「ああ。そうだな——まだ子どもだが女優として天才的であるのは確かだ。凡人の考えでは及ばない」

「みなもと雫《しずく》のように、かい？」

その名前が出てきて、伊佐は厳しい表情になる。

「——そうだな。ペイパーカットが興味を持ってもおかしくない」

「誉田紀一は、舟曳沙遊里に病的な執着があるのかい」

「それは違うようだ。彼が惹きつけられているのはあくまでも『楽園の果て』の方だ」

「やはりその未完成映画こそが事態の中心のようだね」

「しかし、あまりにも漠然とした話だ。そもそも映画っていうのは形のないものだし、盗みようもない——」

「僕にはよくわからないけど、映画で人生が変わるほどの感動を受けることというのはあるのかい」

「さあな——それっぽい話は聞くが、実感としてはわからないな。そんなに映画とか観ていないし——しかし自分で映画を撮りたいとか思っている人なら、そういうこともあるだろうな」

「それはたとえばラーメンが好きな人間が、どこかの店の味に感動して一念発起、ラーメン屋を目指すというようなものかな」

「まあ、そうなんじゃないか——しかしおまえからそんな喩えが出てくるとは思わなかったな。味覚に目覚めたのか？」

「栄養摂取に喜びを感じ、そこに深い意味を仮託したがるのは世界共通の文化だよ。それを考慮に入れただけで、自分で味の善し悪しを判定するほどの処理能力はないね」

千条は無表情にそう言い、伊佐は吐息混じりに、

「……なるほど」

とうなずいた。この前のうどん屋での早見とのやりとりを思いだす。

「ちょっと関係のない話だが——おまえはレストランなどに入ったとき、自分で料理を選ぶようにと言われたら、何を頼むんだ？」

「そうだね——」

千条は少しだけ考えるような素振りをしたが、すぐに、

「金銭上の理由から算出するね。そのときに使うべき金額を考慮して注文すると思うよ」

「つまり、自腹とか奢《おご》ってもらえるとかで考えるのか？」

「そうだね。経費だったら、僕はできる限り少なめにするように設定されているから、頼まないことが一番多いだろうね」


淡々と言う千条に、伊佐は思わず苦笑してしまう。

「……やっぱり俺は、おまえの域には全然達してないな」

安心したような、まだ中途半端なのか、自分でも定かでない変な感懐があった。そんな伊佐に千条は、

「君に食事を施《ほどこ》す必要があるときは、予算を考慮《い》せずに栄養バランスで選択するから、その心配は要らないよ」

と弁解するようなことを言った。

「俺のためなら限度はないのか？」

「それはそうだよ。君はかけがえのない存在だからね」

真顔でそう言われて、伊佐はまた苦笑する。

「釘斗《くぎと》博士は俺をおまえの保護者とか言っているが、そう言われるとおまえの方がお母さんみたいだな」

「なんのことだい？」

「いや――自分のためだとそう身銭を切らないが、人のためには負担を惜しまないことをそんな風に言って――」

そう言いかけて、伊佐は何か引っかかるものを感じた。

（他人のためなら――？）

御堂比呂志はさっき、自分は監督をする気がないとまで言って、故舟曳監督に対する敬意を露わにした。監督のために情熱を捧《ささ》げているから、あれほどの執念を持つことができるのだろう。『楽園の果て』にそれほどの魅力があるのかどうかは未知数すぎるが、個人への思慕の念であれば心の中ではっきりとした力を持つ――もしかすると『楽園の果て』という企画そのものに、そういう感覚を投影しやすい構造があるのではないか。

（それはつまり、舟曳監督自身が――誰かのために映画を創ろうとしていたから、か……？）

もしかすると、それが〝ヒライチ〟なのでは――と伊佐が考えを巡らせていると、車のウインドウをノックされる音が鈍く響いた。奈緒瀬だった。

ドアを開けて、伊佐たちも外に出る。

「誉田梨子さんから話を一通り聞きましたので、相談したいと思いまして」

「いいのか？　俺たちに教えて。ライバルなんだろ」

「イヤミですか？」

奈緒瀬に少し睨まれて、伊佐は少しひるんだ。

「い、いやそういう訳じゃないが――」

「彼女が言うには、鬼ヶ島というのは『楽園の果て』でその島にロケハンするはずだったのに、実際にはそこにスタッフは行かなかったという場所らしいです」

「つまり、ボツになったってことか？」

「そのようです。予算の都合だったのか、構想が変わったのかはわかりませんが」

「港を見張っていると言ったな」

「ええ。まだ芳《かんば》しい報告はありません」

「それは誉田紀一を捜しているんだろう？」

「そうですけど――」

「ああ、伊佐。君の言いたいことがわかったよ。それでは不充分かも知れないということだね」

「どういうことです？」

「もしも彼がペイパーカットと共に行動しているのなら、彼の姿も認識が曖昧になっている可能性があります」

「ペイパーカットにつられて――ですか？」

奈緒瀬は信じられない、という表情になった。そこまでは思いつかなかった。

「見逃しているとしたら、もう誉田紀一はその島に到着しているかもな」

「な、なら港の監視カメラをチェックさせます。人数を数えて、出ていった者と戻ってきた者の数にズレがあれば、その間に船が立ち寄った場所の付近にいるはずでしょう？」

「そうだな、適切な処置だ。しかし――」

伊佐は腕を組んで、また考え込む。

「なにか変な感じがする。この件ではいつにも増して、俺たちは動かされている感じがしてならない。誰かの思惑通りに事を運ばれているような――」

「ペイパーカットに、ですか？」

「いや、むしろペイパーカットはその〝黒幕〟にしか興味がなくて、俺たちはそいつにこき使われているだけのような――そう」

伊佐は少し忌々しそうな顔を見せた。

「監督にこうしろああしろと言われる撮影スタッフのように、構想通りに――」

CUT/7.
Kiiti Honda

楽園を求めて、今いる場所から逃げて
気がついたら、自分の影をさがしてる
——みなもと雫〈ビヨンド・パラダイス〉

1

鬼、という単語の音は、おぬ、つまり隠《お》ぬという言葉に由来するという。闇の中に隠れている恐ろしいもののことをなんでも鬼と称したのが始まりなのだ。そこには邪悪というニュアンスはなく、ただ隠れていて得体の知れないものはすべて鬼だったのだという。つまり鬼ヶ島とは、なにかが隠れている島、というような意味でもある。国威発揚《はつよう》のために全国に広められた桃太郎の童話では、鬼ヶ島には倒すべき敵がいて、それを打倒した後では財宝が手に入るということになっていたが、これは侵略戦争を正当化する価値観の代弁に他ならなかった。異なる価値観に照らし出されれば、鬼ヶ島という言葉の意味もまた変化する。

『楽園の果て』という価値観に基づいたときに、鬼ヶ島という隠語が意味するものは何か、その答えを知っている者はおそらく死んだ舟曳尚悠紀だけだったろう。遺《のこ》された者たちはその答えに近いものを想像することはできても、その真実を知ることは決してできない。

その周囲をぐるぐる回るだけだ。

*

小さな島が無数に連なっているその海域の中で、その島はいくつかの名前で呼ばれている。右ヶ島《みぎがしま》、左ヶ島《ひだりがしま》、などという通称で、近くの住民のいる島からそれぞれ呼ばれている。その島そのものに特徴がなく、小さく、特定の印象がないからそういうことになるのだった。もちろん正式な島名も役所には登録されているが、近くの人々は誰もその名を知らない。すべてが国有地であり、土地の特定の所有者や居住者はいない。船着き場がひとつあるが、電気がないので夜になったら完全に真っ暗になってしまう。

　青鳥島《あおとりじま》、という呼ばれ方がもっとも多いのは、この島が海鳥の住処《すみか》になっているからだ。その鳥をバードウォッチングする客がいるため、定期的に船が回っているが、鳥の群れが別の場所に移っている季節には、まず訪れる人はいない。今は鳥は多少残っているものの、群れはもう少なく、見頃は終わっている。そもそも近くにもっと鳥の集まる島があるため、ほとんどの人はそっちに行く。この島でなければならない際《きわ》だった個性がなく、といって忘れ去られているのでもない、世の中のほとんどの人々と同じような、凡庸《ぼんよう》な島だった。


「ここの記録は、風景写真が一枚あるきりだ——」

　誉田紀一は船着き場から島の中央部へと続く道をとぼとぼ歩きながら言った。

「それは舟曳監督自身が撮った写真らしく、裏に〝鬼ヶ島にて〟ってメモ書きがあったらしい。でもそれだけで、その言葉の意味もよくわからない。撮影日時から監督のスケジュール表を参照して、この島に来ていたらしいから、ここだろう、って見当がついているだけだ」

「君が調べたのか？」

「まあね。資料と資料をつきあわせてね」

「すると他の人はあまり知らないんだな。当事者たちも？」

　飴屋の問いに、紀一はぎょっとして、

「あ、あー——そうか、そういうことになる、のかな……？」

　だとしたら、先回りのつもりでこの島に来たが、それは無駄だったことになる。舟曳沙遊里がこの場所を知らないのなら、ここに来ることもないからだ。

「あちゃー、まずったかな……とんだ回り道しちまったのかな」

「しかし、せっかく来たんだから、ここにも収穫があるかも知れない。以前にも来たんだろう？」

「ああ、梨子ちゃんと一緒にね――まだ結婚する前だ」

でも、思えばあの頃から、もう梨子の様子はおかしくなっていた気がする。映画への関心が急に薄まっていったような、そんな時期だった。

「ここで喧嘩《けんか》になっちゃって、こんな何もないところに来て何が楽しいんだ、みたいなことを怒鳴られて、すっかり険悪な空気になって――」

紀一の言葉に、だんだん力がなくなっていく。足取りもより、とぼとぼした感じになっていく。

「寂しいのかい」

飴屋の問いに、紀一は顔を上げた。

「いや、そんなことを気にしていてもしょうがない。そうだ、あのときはろくに島を回らずに帰ってしまったんだから、調べるものは残っているはずだよ」

早足で進んでいく。飴屋はその後をついていく。

紀一の記憶によれば、沈んでいく夕陽が海面を照らし出していたから、その風景は島の西側にあるはずだった。

「君が、ここまで執念を持てるということは、その映画にはとても重要なものが込められているから、ということになるんだろうね」

飴屋がそう言うと、紀一はうなずいて、

「そりゃあそうだろう。それでこんなにみんなが執着しているんだから」

道と言っても、紀一が歩いているのは単にそこに草木が生えていないというだけの獣道のようなルートに過ぎない。舗装された道路などこの島にはない。緑も決して豊富というわけでもない。常に狭い島中にきつい潮風が吹いているので、雑草もそれほど生い茂らないで、地面にへばりついているという感じだ。木々も鳥が止まりすぎるために葉っぱがほとんどなく、枯れ木寸前というようなものばかりだ。

閑散としている——水に囲まれてはいても、ここは荒野だった。

「何が重要なんだろうね」

「え？」

「そもそも人は、何が大切だと思って生きているのか。生活が大事という割には、その生活だけでは満足できずに、映画のような架空の気晴らしを求める——そしてその映画を模倣《もほう》して生活を飾り立てたりもする。現実と非現実と、どちらが重要なのかな。君はどうだ、愛する妻との日常生活が大事なのか、その彼女との結びつきを創ってくれた虚構の映画の方が大切なのか——どちらかを選べ、といわれたら、君はどちらを選ぶのだろうか」

「…………」

「映画の中に人が観るものは何か、ひとときの気晴らしでしかないはずのものをまるで魔術の産物であるかのように語るときに、人はそこに何を見ているのか。表現という名前の非現実、誇張され、整理され、変更を加えられた明らかな嘘——それを生み出すために、人は色々なものを犠牲にする、その理由はなんなのだろう？」

「…………」

「私は、それが知りたいんだが——君はどう思う？」

「……俺は——」

紀一はぼんやりとしながら、足を進めていく。道筋を身体が知っている。一度しか通らなかったはずの道を——無意識の中で、何度も何度も反芻《はんすう》していたのだろうか。

一度は途中で引き返した道を、その先に向かうことを、ずっと考え続けていたのだろうか。

そして気がついたとき——彼の前にはその風景が広がっていた。

陽はやや西に傾きかけたくらいで、夕焼けにはまだ早い時間だったが、既に射し込む光が横殴りの雨のような角度になっていて、地面に落ちる影はとても長い。

　ぽつん、と一羽の鳥がいた。

　仲間からはぐれたのか、それとも最初から一羽だけで生きているのか、鳥特有のカクカクした動きが、まるでコマ落とししたフィルム上映のようだった。

　首を下に向けて、地面をくちばしでこつこつと叩いている。

　その地面に空いた小さな穴が、きらきらと光を放っている。

（なんだ……？）

　紀一が近寄っていくと、鳥はばっ、と飛び立っていってしまった。

　その穴だけが残された。光は反射だった。地面の下に金属があって、それが煌《きら》めいていたのだった。

　なにかが埋まっている——こんな島の、めったに人も来ないような場所に、誰かが何かを埋めていったのだ。

（だが、誰が——）

　腰を屈《かが》めて、手を伸ばしかけたところで、背後から、

「いいのかい？」

　という声が掛けられた。振り向くと、飴屋が彼のことを見おろしていた。銀色の髪が強い日光の中で輝いていた。

「え——」

「それを埋めた者は、誰だと思う？　それを掘り起こす者は、それが隠されたことの重さを受け継ぐことになるかも知れないよ」

　飴屋の声は淡々としていて、脅《おど》しているような響きはない。ただ、忠告するだけ——そういう感じだった。

「誰が埋めたのか、わかっているのか？」

「君はもう、見当がついているんじゃないのか」

「それは——」

　そう、そんな偶然がそうそう存在するはずもな

い。

かつてここで写真を撮った者がいて、その写真を目指してやってきた自分がいて、その場所は人がほとんど訪れない、誰も近くに住んでいない場所であるという状況で、そこに何かが埋まっているというのなら——それは、

「——俺は……」

彼は震える手で、それでも地面に手を伸ばしていく。

土に触れて、それを掻き分ける。姿を現したそれは錆《さ》び付いていたが、ひっかくと地肌の金属が露出した。

缶だった。煎餅《せんべい》の詰め合わせなどが入っていたらしい、ありふれた銀の四角い缶だ。ちょうど子どもが宝物を隠しておいた、というような風情だった。

「…………」

取り出そうとしたら、蓋が外れた。びくっ、と思わず身を引いてしまったが、別に何かが飛び出してくるというようなこともなく、ただ少しの土埃が舞い上がっただけだった。

中に入っていたのは、古ぼけた一冊の手帳だった。密閉は完全だったらしく、変色などはほとんどない。

「…………」

拾い上げて、表紙をめくってみると、そこにはイニシャルでサインがしてあった。N・F——もう間違いなかった。そのサインに見覚えがあった。舟曳尚悠紀が自分用の脚本などにする署名だった。

彼はここに来て、写真を撮って、そして足下に手帳を隠したのだ。

手帳には、細かい字でびっしりと文字が書かれていた。吸い寄せられるように、それを読んでいく。

〝妄想だと思っていたが、あまりにも的確すぎる。ほんとうに存在するとしか思えない。あれは真実だ。命よりも大事なものではなく、生命と同じだけ

の価値があるものというのはそういう意味だったのだ。あのヒライチの様子は、彼が何かを盗まれたからだ。何を？　それを考えてももう意味はないのだろう。取り返しはつかないし、それ自体には価値などないのだろうから〟

〝私には時間がない。おそらくあと一年と保《も》たないだろう。いつ腫瘤《しゅりゅう》が破裂してもおかしくないといわれている。彼無しで立ち直る時間はない。もうあれを題材にするしかない。ペイパーカットを――しかしこれはあまりにも危険だ。現実に存在している怪異をそのまま映画にしようというのだから。スタッフには秘密にするしかない。できるかぎり曖昧な表現にとどめるべきだろう。だが私が実感した真実だけはフィルムに映し出す〟

〝キャビネッセンス。私にもそういうものがあるのだろうか。きっとあるのだろう。だが私はそれを知ることはできない〟

……同じような内容の文章が、様々に表現を変えて、延々と書き連ねてあった。

（……なんだ、これは？）

映画の内容について書かれているものではなかった。それが示している事実はたったひとつだった。

（ペイパーカット――そういうものが実在している……？）

主人公P、そう呼ばれていた者にはモデルが存在する。

（――それは、つまり……）

手帳に挟んであったものが、ぱらり、と下に落ちた。畳んであった紙切れだった。それを開いてみると、そこには想像したとおりのことが書かれていた。何年も前に書かれていたその文章。

〝これを見た者の、生命と同じだけの価値のあるものを盗む〟

　それが誰に宛てられたものだったのか、紀一には推察できた。ヒライチという名前には見覚えがあった。映画撮影のときに見学に来ていた監督の友人が、記念撮影で一緒に写っていて「平井《ひらい》良一《りょういち》」という名前も記されていた。つまり、これは——。

「——これは……未完成映画のための調査などではなく……」

　紀一はそう言いながら、おそるおそる背後を振り向いた。

　誰もいなかった。

　さっきまでそこに立っていたはずの銀色は、影も形もなくなっていた。まるで彼にはもうその姿が見えなくなりました、とでもいうかのように、綺麗さっぱり消滅していた。

「…………」

　茫然としていると、ふいに——それまでずっと作動しなかった携帯電話が、いきなり着信を告げた。

　その呼び出し音は専用のものだった。彼はおそるおそるその電話に出る。

「——もしもし」

〝キーちゃん、キーちゃんなのね？〟

　その声は間違いなく、妻の梨子だった。

「あ、ああ——梨子ちゃん」

〝何やってたのよ？　今どこにいるの？　みんながキーちゃんを捜してるのよ。もう大騒ぎなんだから〟

「いや、それが——なんと言っていいのか」

〝なんなのよもう。人をさんざん心配させといて。ほんといい加減にしてよね。わかってるのよ。まだ『楽園の果て』のことを調べてるんでしょう〟

「え？　なんで梨子ちゃんが、それを——」

〝見たんだからね、キーちゃんが乗ってたレンタカーの中に残ってたんだから。あの変なことが書かれた紙切れ。あれを見たときは、もうとことん呆れて

――〟

彼女がそこまで言った瞬間、唐突に電話は切れてしまった。

あわててこっちから掛け直すが、今の今まで話せていたのに、もう電話の相手は圏外にいるという冷たい声が返ってくるばかりだった。

彼女のいるところが、急に電波異常に見舞われたとしか言い様のない、そんな状況だった。

「…………」

紀一は、混乱する頭で必死に考えていた。彼女はなんと言っていた？　レンタカー？　見た？　紙切れ？――それらの言葉が表しているものは、たったひとつしかない。

「…………！」

声にならない叫びを上げていた。そして次の瞬間には、彼は走り出していた。どこへ向かえばいいのかわからないのに、とにかく来た道を逆走していく。

2

舟曳沙遊里たちは、奈緒瀬が手配した専用船でその島へと接岸した。

「この島が〝鬼ヶ島〟であるという確証はありませんが、可能性としてはあり得ます。一応、探してみましょう」

奈緒瀬がそう言うと、伊佐もうなずいて、

「とにかく片っ端からあたるしかないしな」

と船から船着き場に飛び移って、奈緒瀬の部下たちと一緒に係留ロープで船を固定した。

早見も降りて、沙遊里に向かって手を伸ばす。

「ほれ、手を貸してやるよ」

「いらないわ」

沙遊里は一人で、ぴょん、と船から飛び降りた。

そして後ろを振り向いて、

「あんたも来るのよ、御堂比呂志」

と言った。

紐《ひも》付き手錠を掛けられ、千条にそれを持たれている御堂は、その言葉に眼を剝いた。

「……なんだと？」

「あんたも、この島を見なければならない。それが義務よ」

「なんの義務だ？」

「あんたがいなかったら、舟曳尚悠紀はあれほどの名作を創れなかったのは確か。あんたの才能のせいで、舟曳尚悠紀が増長していらぬ野心を持ってしまったとも言えるわ。あんたは、その責任を果たさなければならない」

その声はさほど大きくなく、迫力もなかったが、御堂の耳にはまるで刃物を突き立てられているような凄みと共に響いた。

「…………」

御堂はちら、と千条の方を見た。すると千条は奈緒瀬の方を見る。

「……まあいいでしょう。連れていきましょう」

奈緒瀬が認めるや否《いな》や、千条は御堂の身体をひょい、と荷物を脇に抱えるようにして持ち上げて、そのまま船から飛び降りた。

「やれやれ……」

奈緒瀬が頭に手をやって首を振っていると、奥の方から「あのう」と遠慮がちな声が聞こえてきた。

誉田梨子だった。

「私は、どうしましょうか」

「え？　ああ——いや、梨子さんはいいです。ここに旦那さんがいるかどうかもわからないし、残っていてください」

「わかりました」

梨子は素直に引っ込んだので、奈緒瀬は拍子抜けした。

(最初の頃は、あんなに連れてけ連れてけって刺々《とげとげ》してたのに——なんか、急におとなしくなったわね、この奥さん)

やりやすくなったので良かったと言えばそうなのだが、なんか引っかかる気もする。沙遊里と何を話していたのだろうか。

（あの娘――どうにも気にくわないわ）

そんな気がする。信用できないとか利用できそうにないとか、そういうことではなくて気にくわない。なんだか根本的なところで奈緒瀬と相容《あいい》れない感じがするのだ。

彼女は気づいていないが、それは祖父に対して全面的な尊敬と信奉をしている彼女からしたら、沙遊里の舟曳尚悠紀に対する態度があまりにも奇妙であるということから来ているのだった。彼女の、己のルーツに対する姿勢が奈緒瀬には理解しがたいものなのだった。敬意を払っているようでもあり、さほど畏《おそ》れてもいないような、あの不遜《ふそん》な意志が何に由来しているのか想像もできない。少なくとも父親に反抗している不良娘の精神などではないし、無念を晴らしてあげたいというようなものでもない。同じ天才同士でライバル心を燃やしているというのが一番近いのかも知れないが、それでもなにか違和感がある――。

奈緒瀬が訝《いぶか》しんでいる間にも、沙遊里は早見や伊佐たちを引き連れて、島の奥へと進んでいってしまう。奈緒瀬は吐息をつくと、その後を追いかけていった。


「――――」

そんな彼女たちを、誉田梨子は船上から見送っていた。しかし茂みなどに遮られてすぐに見えなくなる。

船で島に近づいていったときに見えた風景には特に何も感じなかった。ここに来たのかどうかも自信がない。記憶の中から消えてしまっていた。印象がない。ただ、紀一の楽しそうな顔がうっとうしかったとしか覚えていない。自分は怒ったのだろうか、どうやって帰ってきたのかもぼんやりとしている。

だから一緒に来いと言われなくてホッとしていた。わからないのだ。ここに見覚えがないかとか言われても答えられなかっただろう。

　手持ち無沙汰になってしまったので、何かすることはないかと携帯電話を取り出した。もう何度も何度もやっていて、まったく成果の出なかったことだが、やらないよりはいいだろうと、彼女は夫の携帯にかけてみた。

　すると予想外のことが起きた。あっさりつながってしまったのだ。

（――あれ？）

　喜ぶよりも、とまどってしまった。よりによって自分しかいない状況で、そんな進展があると逆に困ってしまう。

　少しの間を置いて、相手は電話口に出た。

〝――もしもし〟

　なんだかぼんやりとした声だった。夫の声のようだったが、本当にそうなのか確信がなかった。男の人の声は同じように聞こえるし――彼女は自信なさげに、それでも呼びかけてみる。

「キーちゃん、キーちゃんなのね？」

＊

　御堂比呂志はとまどっていた。

　さらにそのとまどいを助長《じょちょう》するように、沙遊里が彼の方を見もせずに、千条に向かって、

「手錠を外しなさい」

　と命じた。

「どういう意味です？」

「そいつの拘束を解いて、自由にしてやれって言ってるのよ」

「…………」

　千条はまず伊佐を見て、それから奈緒瀬を見た。しかし二人とも何も言わなかったので、御堂自身を見る。

「あなたは、自由になりたいですか？」

「…………」

御堂自身も何も言わない。その様子を見て、千条は「ふむ」と首を傾げて、

「まあ、いいでしょう。今のあなたには危険性を感じませんし、最も敵対している者が言っていることですしね」

と手錠を外した。

御堂は手をさすって、沙遊里のことを睨みつける。沙遊里はそんな彼の視線を受け流して、また島の奥へと歩き出す。

そして誰にともなく、言う。

「舟曳尚悠紀には秘密があった。隠していることがあった」

彼女の頭上には鳥が飛んでいて、傾きかけた太陽の赤みがかった光が射し込んでいる。その中を彼女は歩いていく。

「その隠していることが、彼の表現の深みになった。どうでもいいようなことが、変に勿体《もったい》ぶってもっともらしい美しさになった」

ひとりで、先頭を歩いていく少女の跡を大人たちはついていく。

「みんなも、うすうすは勘づいていたはずだった。少なくとも身近なスタッフや役者には思い当たる節があったはず」

御堂のこめかみが、びくっ、とひきつった。彼女が何を言おうとしているのか、彼には見当がついていた。

（し、しかし——まさか、こいつ……）

彼には信じられない。そのことを悟っていて、こんな風に平然としていられる子どもなどがいるとは、とても信じられない。

（い、いや——それ以前に、だとしたら、なんでこの娘は映画に固執するんだ？）

御堂が茫然としている間にも、沙遊里は歩いていく。何かを探しているようだが、それにしては空ば

かり見ている。

潮風が彼女の髪を舞い上げる。それに構わず、彼女は言葉を続ける。

「舟曳尚悠紀の創作活動には協力者がいた。その人とディスカッションしてアイディアをまとめるパートナーが。いや、むしろ出発点はその人の方だった。大学時代からの親友、平井良一が」

その名前が出てきて、御堂は思わず呻き声を洩らしてしまう。すると沙遊里は、ふふっ、と笑い、

「そう——それは一緒に映画を創る者たちからすると、なんとも居心地の悪い話だった。自分たちと全然関係ないところで、監督は勝手に部外者と話し合って映画の根幹を創ってしまうのだから」

「…………」

「特に御堂比呂志、あんたは一番それが許せない男だった。あんたは平井良一に嫉妬《しっと》していた。自分がいくら魂を削るような思いをして演技をしても、監督の心にいるのは平井良一であって、ふたりのイメージを実現する手助けしかできないことを知っていたから。だから『楽園の果て』を創り直そうとする過程で、あんたは平井良一の影をすべて消そうとした。鬼ヶ島に私を行かせたがらなかったのもそのため。時期から見て、監督がそこに行ったのは平井良一との別離の直後だったのを知っていたから——そんなところに私を行かせたら、そこで何を見つけるか、わかったものではなかったから——」

彼女の声は、鼻歌でも歌い出しそうなくらいに朗《ほが》らかだった。

「お、おまえは——」

御堂は震える声を絞り出す。

「おまえは、そこまでわかっていて、どうして——」

その言葉の途中で、沙遊里はいきなり、

「あー、これだわ……！」

と空を見上げて歓声を上げた。他の者もつられて彼女の視線を追う。

するとそこには、無数に連なった細長い雲に陰影を刻み込む赤い陽光と、光る面と影の面が交互に揺れる海と、逆光の中を舞う鳥の姿とが、ひとつに融解した空が広がっていた。

また見附かつた、
何が、永遠が、
海と溶け合ふ太陽が。

「この風景だわ――あの世でもない、この世でもない、天でも地でも光でも闇でもない――楽園の果てが、ここにあった」

3

「――あれ？」

夫と通話していた途中で、梨子の電話は切れてしまった。見ると圏外になっている。急に電波が届かなくなってしまったようだった。

「なによ、もう――」

肝心の、紀一の居場所を聞く前に切れてしまった。しかしどうも呑気《のんき》な感じだったから、危ない目に遭ってたという訳でもなさそうだったので、梨子は少しホッとしていた。

（あ、でも沙遊里ちゃんたちにキーちゃんのことを知らせないと）

船にはまだ奈緒瀬の部下の人が見張りとして残っている。その人にとりあえず教えて――と彼女が立ち上がったところで、船窓から船着き場の方が見えた。するとそこに、さっきまではいなかった人影が立っていた。

（――あれ？）

梨子の眼が丸くなる。その小さな影は、どう見ても舟曳沙遊里だったからだ。

彼女はちょっとあわてて、船室から出て少女のところへ駆け寄っていった。

「どうしたの、沙遊里ちゃん。ひとりだけ戻ってきたの？」

そう訊ねたら、その少女は、

「あなたには、私がこの姿で視《み》えるのね」

と言った。

「え？」

「あなたは、あの紙切れを見たわね」

少女は静かな声でそう訊ねてきた。梨子はうなずいて、

「ああ、あれでしょ？　キーちゃんがレンタカーに残したヤツ。うん、確かに見たわ。あ、でもなくしちゃったわ。あれが必要だったの？」

「いいえ、見るべき者が見たら、あとはもう用なしだから、どうでもいいわ——それで、あれに書かれていたことに、思い当たるものがあるはずよね？」

「うん、そりゃもう——二人の約束だもんね。しっかり今も持ってるわよ、ほら」

梨子は笑顔を浮かべながら、それを取り出した。

映画フィルムを模したリボン付きの栞を、少女に向かって差し出した。

＊

「生命と同じだけの価値があるもの——その言葉の意味はなにか？」

沙遊里は、眼前に広がる光景を眺めながら、歌うように言う。

「人はなんのために生きているのか、その理由がわかれば、その価値も知ることができる。でもその理由は人によってそれぞれかも知れない。ひとりひとり、みんなバラバラ——だからキャビネッセンスも色々なものになる。でも人々の心がひとつになっていたら？　想いは同じと断言できるものがあったなら、その人々のキャビネッセンスもひとつのものになるかも知れない——」

彼女は滑るような足取りで、島の海沿いの道を歩

いていく。

「舟曳尚悠紀が創ろうとしていた映画は、そういうものだった。創る人々、観る人々、関係する人々にとって、それがたとえほんの一瞬であっても、その人にとってのキャビネッセンスと呼べるようなものになること――それが理想の映画だと信じた。でも――」

彼女はここで、みんなの方をやっと振り向いた。その視線は均等に向けられたものだったが、全員が〝自分のことを見ている〟と感じるような、そんな視線だった。

「――でも、それは間違い」

断言した。その強い声に、皆は――特に御堂比呂志はひるんだ。

（こ、この娘は――なにを……？）

そんな彼に向かって、沙遊里はうなずいてみせる。

「映画とは、そんなものではない。人生の意味そのものとなるような、そんなに重要なものではない。映画というのはしょせん、二時間くらいの退屈しのぎ、ひとときの慰みに過ぎないし、また、そうでなければならない。人生の意味は、ほとんどの人にとってはあまりにも重すぎる。考えるだけで気が滅入《めい》る――それをたった二時間で説明できるくらいに〝軽い〟ものにすることこそ、映画にとっての真実――映画は、たとえどんなに心血を注いで創ってもキャビネッセンスにはならない。だからこの映画製作は、そもそもの出発点から間違っていた。そう、今こそ言える――」

沙遊里は両手を大きく広げて、空に向かって宣言するように、言いかけて……

「――『楽園の果て』は、たとえふさわしい風景を見つけても、決して――」

……言いかけたその言葉が、途中でふいに途切れる。

その眼から、ふっ、と意志の光が消える。ゆらり、と両手が揺れる。まるで手招きするような動きをしたかと思うと、次の瞬間――その小さな身体は道の向こう側、切り立った海の方へと転落していった。

＊

島を駆け下りて、船着き場へと走ってきていた誉田紀一は、そこに妻の姿を見つけた。

にこやかに微笑みながら、その前で跪《ひざまず》いている銀色の髪をした男に向かって、何かを差し出している。彼女の眼には、その男の姿が別の者に視えていて、まったく警戒していない――。

「…………っ！」

言葉にならない絶叫を上げた。だがその声は、島の強い潮風に掻き消されて届かない。

何を差し出しているのか――それが彼のプレゼントした模造フィルムの栞であることがわかって、彼はさらに血を吐くような声を上げながら走っていった。

彼女が、ん、と彼の方を見た。気づいてくれた。だがその瞬間、栞は銀色の男の手に渡っていた。

紀一の足が、ずるっ、と滑った――転倒して、もろに頭から地面に突っ込んだ。

衝撃。

そして頭が割れるような激痛が襲ってきたが、そんなことにはかまっていられない。すぐに身体を起こした。

だが――そこで凍りつく。

もう銀色の男の姿は船着き場にはなかった。どこにも見えなくなっていた。

そして、彼の妻は――梨子は、その場に横たわっていた。ぴくりとも動かなかった。

「…………」

風が吹いてきて、彼の前にひらひらと舞ってきて、落ちたものがあった。それは『静かなる人生』

という映画の一シーンを切り取った、贋物《にせもの》のフィルムの欠片《かけら》だった。

＊

舟曳沙遊里が落ちたとき、真っ先に反応したのは千条雅人だった。

彼はまったく動じることなく、驚くこともなく、瞬時に地を蹴って飛び出していた。

そしてその姿が、沙遊里の後を追って海の方に消える。

奈緒瀬や伊佐たちも焦って、そっちへと駆け寄っていった。身を乗り出して、下を覗き込む。

そこは険《けわ》しくても、ある程度の傾斜があったために二人の姿はまだ陸にあった。だが——千条に抱えられた沙遊里の身体はぐったりとしていて、眼を見開いたまま、微動だにしない。

「……お、おい——」

御堂が震える声で呼びかけると、千条がその表情の欠落した顔を上に向けて、そして冷ややかな声で、

「人間が死にました」

と言った。

CUT/8.

きっとわたしは自分が大嫌い、だから
嫌われない自分を演じてるだけの弱虫
——みなもと雫〈ビヨンド・パラダイス〉

1

——これは、少し後のことになる。

伊佐俊一と千条雅人の二人は、その漁港の近くにある牡蠣《かき》の養殖場へとやってきた。

「ごめんくださーい」

伊佐が声を掛けると、事務所の奥から「あい」と「おい」の中間のような濁った返事が聞こえてきた。

「はいはいはい、なんでしょうかね」

出てきたのは漁業関係者らしい日焼けした赤黒い肌をした小太りの男だった。縁無し眼鏡をかけていて、禿《は》げかけた頭を丸刈りにしていて、顎周りに白髪の無精髭がぽつぽつと生えている。

「すいません、電話したものですが」

「ああ、ああ——はいはいはい、伺ってますよ。えと、サーカム保険さんですね」

「そうです。その調査員《オプ》です。それで、あなたは——」

伊佐は彼に名刺を渡しながら、少しだけ、その相手の、少しがっちりした体型をしているものの平凡な中年男を見つめながら訊ねた。

「ヒライチさん、ですね？　そう呼ばれている——」

「あー、そりゃずいぶん前のあだ名だなあ。今じゃリョーちゃんの方で通ってるよ」

平井良一は笑いながら言った。

伊佐たちが彼を捜すのはそれほど難しいことではなかった。本名と出身学校がわかっている上に、本人に隠れる気が全くなかったのだから当然だった。すべての話が付いた後で、確認しに来たのは調査の一環というよりも、事後処理に近かった。

「でも、なんのことだい？　なんか電話だと、俺に権利があるとかなんとか、怪しそうな話だって言われて、どんなのが来るかと思ってたけどさあ」

平井は大きな口を開けて言う。前歯が何本か抜けていたが、気にする様子もない。

「いや、平井さん——あなたは舟曳尚悠紀さんを知っていますよね？」

「あ、あー——そういうこと？」

平井はもともと笑顔だった顔を、さらに明るい表情にした。

「カントクの想い出話とか？　そういうもんを取材してんの、あんたら？」

「まあ、そんなような感じですね」

「あー、カントクかあ、なつかしいねえ」

「カントク、って呼んでいたんですか。あなたは別に映画のスタッフではなかったんでしょう？」

「あはは、いや違うんだって。舟曳さんは学生の頃から映画を撮る撮るって言ってたから、その頃からあだ名はカントクだったんだよ」

「ははあ、それは初耳ですね」

「いや、昔はよくつるんでたもんだけどねえ。こっちに来てからは結局一度も会えなかったなあ。カントク、死んじゃったから」

「こちらはあなたの実家だそうですが、若い頃はずっと都会に？」

「いや、ほら、俺、身体悪かったから」

「ほう」

「長いこと入院してたんだよ。それでカントクがよく見舞いに来てくれて。いったん退院しても、検査があるからあっちの方にアパート借りて、ずっと住んでたんだ。仕事もせずにぶらぶらしてたね。今じゃニートっていうの？　そんな感じだったねえ。他の連中はだんだんつきあいが悪くなっちゃったけど、カントクはホラ、撮影のとき以外は暇だって言ってたから。二人で色んな話をしたよ」

「たとえば？」

「いや、だから色んなだよ。友だち同士で言うような、馬鹿話とかさ」

「そこで、映画についての話はしなかったんですか」

「え？　あ、あー――そうだなあ、したような気もするな。カントクが仕事の話をして、それに適当にうんうんうなずいていたよ」

「えーっと――それで本題なんですが『楽園の果て』って作品について、なにか覚えていますか」

「そんな映画、あったっけ？　カントクの作品は一応観てたけど、それは知らないなあ」

「いや、撮られなかったんですよ。彼が死んでしまったので」

「ああ、そういうやつ？　いや、俺はこっちに引っ込んでから、全然会ってないからさ」

「それで――どうもその未完成映画のアイディアは、あなたから出てきたらしいんですよ。そのことについて見当がつきますか？」

「ええ？　そうなの？　そんなこと言われてもなあ。昔のことはよく覚えていないんだよな」

「人の生命と同じだけの価値のあるものを盗む、って言葉は、知ってますか」

「――あー、あー、なんかぼんやりと、そんなことを聞いたことがあるような。それをカントクに俺が言ってたっての？」

「そうらしいですね。あなたはそれをどこから？」

「いや、だとしたら、たぶん病院でだよ。同じ病気で入院してた他の患者から聞いたんだろ。今じゃみんな死んじまったけど。そういう風な話を色々とみんなでしてたんだ。死神の噂とか、こんなに苦しんで、生きる意味があるのかとか、今までで一番楽しかったことはなんだとか、よくそういう話をしてたんだな。その中のひとつだろうね」

「具体的に覚えてますか？」

「いやあ、ほとんど忘れちゃったね。病気の頃のことは、全然」

「あなたは相当、繊細な感性の持ち主だったらしいですけど？」

「あはは、だとしたら、そいつは病気だったからだよ。あれこれ思い悩んでいたからねえ、でも今となっちゃ全部、熱に浮かされた夢みたいなもんだ」

平井は明るく笑った。

「あの頃は僻《ひが》みっぽかったから、結構みんなに迷惑かけちゃったしねえ。あんまり想い出したくなかったから、そのまま忘れちゃったんだよ。病気が治った後で、ここに帰ってきて、親の仕事を継いだんだよ。昔は青白くて細かったけど、今じゃ割とたくましくなっただろ？　腹も出てきたけどね」

そう言ってまた陽気に笑う。

「その頃のあなたと、今のあなたは別人のようですね」

「そうそう、そんな感じだね、本当」

平井がうんうん、とうなずいたところで、それまで無言だった千条雅人が口を挟んできた。

「あなたは、舟曳監督のご家族とも親しく交流されていたんですか？　たとえば奥様と、とか――」

それを聞いて平井がちょっとバツの悪そうな顔になった瞬間、伊佐が強い口調で、

「いや、それは訊かなくていい」

と言って話を遮った。

「この件とは関係ないことだ」

「でも――」

「いいから黙ってろ」

きつめに制されて、千条は口を閉ざした。反応に困っている平井に、伊佐は向き直って、

「いや、すみませんでした。脱線して――それでですね、あなたがその『楽園の果て』の基本アイディアの発案者であるなら、その権利を買い取りたいと、そういう話なんです」

「え？　そうなの？　そんなもんあるの？」

「現在、その権利を管理しているのは御堂比呂志氏ですが、彼としてはこれを整理して一本化したいと、こう考えていまして」

「御堂って、あの俳優さんの？　うわ、ホントな

の、その話」

「まあ、そうです。契約書にサインしていただければいいので」

「へええ、ただ馬鹿話してただけなのにねえ、そんなことってあるんだねえ。金額はどんくらいなの？」

あからさまに欲の皮が張った表情になる。するとそのとき、千条がいきなり、

「なるほど――それでランボオか」

と呟いた。

「え？　なんだって？」

「いや、こっちの話です」

そう言って黙って、それ以上何も言わない。変な空気になったところで、伊佐が話をまとめた。

「ご不満でしたら、直に御堂氏に交渉してみてください。書類は置いてきますので。それじゃ、ご検討の程を」

差し出された封筒を受け取りながら、平井は
「あ、ああ」と少し混乱した表情でうなずいた。

その場を辞そうとしたところで、伊佐はふと振り返って、

「今の生活の中で、生命と同じだけの価値のあるもの、持っていますか？」

と質問したが、平井はきょとんとしているばかりで、その表情を見ただけで伊佐は返答を待たずに、そのまま立ち去った。

*

二人が乗ってきた車に乗り込んだところで、運転席に着いた千条が開口一番に、

「しかし伊佐、君は気づいていたかどうかわからないけれど、今の人物には歴然とした特徴があったよ」

と言った。これに伊佐はため息をついて、

「だからそれをわざわざ確認する必要があるのか、

ってことだ。俺たちにとって重要なのはペイパーカットのことだけで、他のことを暴《あば》き立ててもしょうがない――」

と苦い顔をしながら言った。

「――だが、こんなことがあり得るんだろうか。平井良一はまだ生きている。生きているが……」

「君が考慮しているのは、彼が過去にペイパーカットから予告状を受け取ったのかどうか、ということかい？　それならかなりの確率で、そうだと思われるよね」

「そうだ。あいつは〝被害者〟だ。それは間違いない。しかしそれで、あいつが盗まれたものは――」

「病気、かい」

「そんなことがあるのか？　病気を盗まれて、生命が助かって、しかし――」

「別人のようになってしまった、と。少なくとも彼はもう、舟曳尚悠紀が敬愛していた平井良一ではなくなっていたね」

「病気に対する苦悩が彼の詩才の源《みなもと》だったから、治ってしまえばもう悩むこともなく、芸術的感性も枯れてしまって凡人になってしまったというのは、確かにありそうなことだが――苦悩を〝盗む〟って……」

伊佐は奥歯を噛み締めた。

「ペイパーカットは何をしているんだ？　人の運命をいいように転がして、それを楽しんでいるのか？」

「間接的に舟曳尚悠紀を殺してはいるよね」

「そうだ。そういう意味では殺し屋には違いないんだが、しかし――」

伊佐は瞼を閉じ、サングラスを外して眉間を揉みしだいた。

「――ああ、何がなんだかさっぱりわからん！」

「だからわかっていることを整理した方がいいんじゃないかと思うんだよね」

千条がそう言うと、伊佐はサングラスを掛け直し

て、

「——報告書には書くなよ」

と言った。

「君がそうしろと言うのならそうするけど、でも歴然としていたとは思えないかい」

「……否定しにくいのは確かだったな」

「そうだろう？　そもそもの前提として、舟曳尚悠紀のヒライチ氏に対する感情の問題があるしね」

「おまえが感情云々《うんぬん》を言うなって感じだが、そうだろうな——ただの友人にしては、その執着が少々、行き過ぎていた感は否定できないな」

「彼は、平井良一に恋慕していたんじゃないかと思うんだよね。同性愛的な感情があったと考えると論理的な整合性が見られるよ。まず第一に、舟曳尚悠紀監督の夫婦仲の悪さの原因。そして第二に、夫人が未だに娘に対して距離を置いてしまう理由。そして平井良一の、病気だったということを言い訳にしていたらしい退廃的な生活。これらを合わせると、ひとつの結論が出る」

「——」

「そう、平井良一は舟曳沙遊里の実父じゃないかな。沙遊里は舟曳夫人と平井良一との姦通《かんつう》の結果生まれた、いわゆる〝不義の子〟というヤツだ」

千条はこういうことを言うときでも、まったく表情に変化がない。淡々と事実だけを述べるのみだ。伊佐もそれはわかっているので、他の者がいないから「失礼になる」と非難はしない。ただ嘆息するだけだ。

「戸籍上では普通に舟曳家の長女として認知されているだろうけど、遺伝子鑑定したら違う結果が出ると思うよ」

「——可能性はあるだろうな」

「なにより平井良一の骨格だよ。眼と口と鼻の位置関係の比率が、舟曳沙遊里に似すぎている。見れば一目瞭然、というレベルだったじゃないか」

「だからといって、それを確認したり殊更《ことさら》に言い立てる必要はないだろう。誰も得をしない。それに――」

伊佐はあの早見たちとの奇妙な道行きを想い出しながら言う。

「あの娘は、そのことでは一度も嘘をつかなかった。舟曳尚悠紀のことを〝お父さん〟とは一度も呼ばなかった」

「彼女は知っていたんだね」

「そうだろうな――御堂比呂志も、見当はついていただろう」

「複雑だねえ、それでも『楽園の果て』を追究しようとしていた意志は」

「………………」

伊佐は口をつぐんだ。考えが整理できていないのだった。

ペイパーカットの目的と、長いときをまたいで入り組んでいた事態の進行――まだ混沌としていて、意見をまとめるに至っていなかった。


千条が車を発進させ、伊佐はその加速を身体に感じながら、ぽつりと、

「そう言えば――おまえ、さっき変なことを言っていたな。ランボオ、とかなんとか――あれはどういう意味だ?」

「ああ。舟曳沙遊里がその詩を暗唱していた理由だね。アルチュール・ランボオは今でこそ世界的詩人ということになっているけど、本人は十代後半の数年しか文学に関心がなくて、その後はまったく芸術とは無縁の生活を送ったんだ。三十七歳の若さで病死しているけど、その死の寸前でも、いわゆる〝辞世の句〟のようなものは一切遺していない。彼を有名にしたのは、同性の愛人だったヴェルレーヌの執着だったんだ。偉大な詩人であったヴェルレーヌが自分の恋を死ぬまで忘れられなかったことが、ランボオの名を世に広めた唯一の理由なんだよ。今回の事例と似ているとは思わないかい」

「……なるほどな」

伊佐はシートに身を埋《うず》めるように、肩をすくめた。

車は港から離れて、国道につながるルートへと入っていく。

2

……誉田紀一はあの後、ジャーナリストを廃業した。

何をしていいのかわからないまま、ふらふらと街を彷徨《さまよ》っていた。すると、

「あれ？　誉田じゃんか」

と背後から声が掛けられた。大学時代のサークル仲間だった男とたまたま出会《でくわ》したのだった。

「あ、ああ……久しぶり」

誉田の気のない反応に対し、今はライターをやっているその男は、

「ちょうど良かったよ。これから知り合いのトークライブに行くんだけど、出演者の数が足りないから他にも誰かいないかって言われてたんだ。おまえも詳しかっただろう、映画」

と言ってきた。

「え？　い、いや、俺は――」

「いいからいいから、ただ酒が飲めるからさ。な、頼むよ」

強引に押し切られて、半地下のホールとバーの中間のような店に連れて行かれた。テレビにも出ている作家がホスト役で、映画について話すだけというゆるい企画だった。

客もまばらで、どうも身内の者しか集まっていないようだった。トークも適当で、誉田もぼーっとしていたが、特に咎《とが》められもしなかった。そんな中、話が舟曳尚悠紀に及んだ。そこで作家が無責任に「まあ、舟曳は必要以上に自分を偉そうに見せすぎだったけどね。あの秘密主義はちょっと時代錯誤だったかなあ」などと発言したので、誉田はついカッ

となってしまって「それは違うんじゃないですかね」と反論してしまった。

「別に舟曳監督は秘密にしたくてしていたんじゃないと思いますよ。そうするしかなかった、映画にしなければうまく他人に伝えることができないもの、そういうものを抱えてしまっていたから、しかたなくああいう製作体制にならざるを得なかったわけで。変な風にスタッフが理解してしまうと面倒だから撮影している内容まで秘密にせざるを得なくて、できあがったものを観てくれ、としか言えなかったんじゃないかと」

それまでほとんど発言していなかった紀一が急に喋りだしたので、みんなはちょっとびっくりして、絶句してしまった。紀一はさらに色々なことを喋りまくった。想いが溢れてきて止まらなくなった。

「でも、確かに舟曳監督にはまずいところもあった。特に未完成に終わった『楽園の果て』は、あまりにもひどい話だった。監督自身の経験と妄想と、自分でも理解できなかった心霊体験めいたものをごっちゃにしていたから、全然整理がつかなくって――構想段階でもっときちんとまとめておいてくれたら、僕らもあんなにムキになって映画の正体を追跡しなくてもよかったはずで――」

気がつくと涙を流して熱弁していた。他の者たちはそんな彼を唖然として見ていることしかできなかった。

トークライブの終了時間が来て、紀一がふらふらになりながら帰ろうとすると、客の一人に呼び止められた。

「いやあ、面白かったよ。どうだい、ウチの番組で今の話をしてくれないかな。マイナーな衛星放送だけどね、舟曳映画特集をやるんで、その絡みで」

断る気力もなかったので、彼はうなずいた。

それが始まりだった。気がついたら紀一は、色んなところで舟曳作品について喋ったり、論争番組に参加したりしていた。理解の仕方が面白い、他の人となんか違う、という評判をごく一部で受けるようになった。狭い業界なので、評価が固まるとあっという間にその手の話が全部彼のところに来るようになった。そして『舟曳尚悠紀の影を追う』というドキュメント映画に参加してくれという話まで舞い込んできた。最初はただの構成協力ということだったのだが、現場についていったりしている内に元々の監督が急に辞めたりして、彼が現場でもっとも詳しい人間になったところで、紀一が監督をやらざるを得ないことになっていた。

（不思議なものだ、僕が監督って呼ばれるようになるとは――）

　そう思いながらも、まあこれきりだろうと彼はドキュメント映画を完成させた。かつて自分が旅したところなどを辿っただけだったので、無駄なスケジュールの遅延などがなく、予算が予定の三分の二で済んでしまった。これがプロデューサーにいたく気に入られた。映画が公開される前から、彼のところには「次はこういう企画をやってくれ。監督のなり手がいないんだ」という話が来た。スポンサーから金を集めてしまって製作することだけは決まったが、具体的な撮影プランがまるで決まっていないという話だった。出資者への手前、撮影をするだけするが、公開するかどうかも微妙だというので、断るのも気取ってるみたいだと紀一は引き受けた。ギャラも後払いだったが気にしなかった。前のドキュメントのときと同じスタッフに頼んで、彼らの好きなように撮ってもらった。予算が切れたら脚本にあるシーンを飛ばして撮れるところだけ撮って、それを編集で適当につなげた。するとこれが試写で「粗削りだが斬新《ざんしん》な構成。独特の感性」とまた変な評判になった。

　そうして何年か経った後、彼はすっかり映画監督になっていた。単にスタッフに恵まれて運が良かっただけだと言い続けていたら、それがまた周囲に気に入られる理由になって仕事が切れることがなかった。映画が大ヒットしたことは一度もなかったが、大損したこともないというのが業界的には信頼を集める結果になった。

　そんな風に低予算の映画ばかり撮影していたら、その内の一本に出演した俳優が別のところで大人気になり、公開前だったその主演作も続けてヒットするという棚からぼた餅のような状況になった。するとこれまでよりも少しばかり大掛かりな映画を撮らないかという話が出てきた。それも、彼が最初に撮った作品を発展させるということで、

「いっそのこと『楽園の果て』を撮りましょうよ。権利を持っている〈ボーン〉さんからは、彼らのまとめた脚本でならと許可を得ているし、海外でも二人の監督が共同製作するはずの映画が、片方が亡くなった後で本格的に企画が動いた作品とかあるじゃないですか。あれですよ。舟曳尚悠紀と誉田紀一の合作ということで」

「いや、しかし、それは――」

「問題ありませんよ。誰も反対していません。みんなが賛成しているんですから」

　プロデューサーにそう押し切られて、とうとう紀一は『楽園の果て』を自ら撮ることになってしまった。

（妙なことになったなあ――不思議な運命だ）

　紀一はクランク・インで撮影の始まる現場に来てからも、まだ信じられない気分だった。

　監督である彼のところに、色々な人々が挨拶に来る。

「よろしくお願いします」

「頑張りますんで、なんでも言ってください」

「ちょっと緊張してるんですが、大丈夫です」

「今回はありがとうございます。期待に添えるように努力します」

「いや、やりますよ」

「あのう、申し訳ないんですが、彼の入りが遅れそうなんです」

「気合い入れていきましょう！」

「難しい仕事になりそうですね。でも信じてますから」

「あの話はもうご存じですよね？」

「先にやりますか、そうですよね」

……次から次へと、様々な顔が入れ替わり立ち替わり現れる。時々誰だかわからないヤツもいる。それでも全員にそれっぽくうなずき返していると、見覚えのある顔がやってきた。若い女だった。とても美しい。大きめな眼に長い睫《まつげ》、すらりと細く均整《きんせい》の取れた身体に、艶《つや》やかな髪をなびかせている。

「どうも誉田さん、お久しぶりですね」

「ああ、どうも」

「私のこと、憶えていらっしゃいますか？」

「はは、何を馬鹿な。忘れるはずがありませんよ、あなたは――」

そう言いかけて、紀一はおや、と思った。

この女は、ここにいるはずだったか、と考えたのだった。

にこにこと微笑んでいる。その顔ははっきりと知っている。でもその顔で知っていたのかどうか、それよりももっと幼い顔で憶えていたのではなかったのか。

そう――まだ子役時代の、少女のときの顔で……。

「でも、まさかあなたが『楽園の果て』を撮ることになる、そういう流れになるとはねえ」

彼女は感慨深げに言った。

「私たちができなかったことを、あなたが実現するとは正直、思ってもみなかったですよ」

「いや、それは僕自身も同じで――」

言いながらも、何か違和感がある。どこか違う気がする。

この彼女は、ここにいるんだったか？

「それで結局、どういう解釈になったんですか？主人公Pは何者だと？」

「ええと、脚本はできあがったものをただ撮るだけで——」

「ふうん、誰がそれを創ったんですか?」

「それは——」

「人の生命と同じだけの価値があるものって、なんなんですか?」

「いや、だから——」

応じながらも、頭の奥が痺《しび》れてくるような感覚がある。この彼女は、だから——

「——沙遊里さんは、脚本の作成には関わらなかったんですか?」

そう口に出して、やっと彼女の名前が舟曳沙遊里であったことを想い出す。しかしそれが、奇妙な感じの源でもあった。舟曳沙遊里が今この場にいることが、なにかおかしいのだった。でも舟曳監督の娘がいるのがどうしてそんなに変な感じなのか、それがわからない。

「あら——私にそんなことができるはずもないでしょう?」

沙遊里はにこやかな表情を崩さない。

「そんな可能性はあり得ないわ。私は、この未来にはいないのだから」

「……未来、って?」

この問いに彼女は答えず、さらに質問をしてくる。

「生命ってなんでしょうね?」

同じ問いかけをまた繰り返される。何度も何度もされた質問だった。誰にされたのだったか——。

「私のいない未来、あなたが選ばなかった未来、ここにあったものはなんだったのかしら、夢?」

彼女は、ひどく遠いものを見ているような眼で、彼のことを見つめている。

「生命と同じだけの価値がある、夢——未来を夢みることは、生命そのものって言えるのかも知れないわ」

「…………」

「これは、なんだと思う？」

「…………」

「私には推測することしかできないけど、これって〝映画〟なんじゃないのかしら」

「…………」

「人生の、あり得るべき可能性をほんのわずかな時間のものに置き換える――それと同じようなものじゃないかしら」

「……これ、は――」

「そう、これは生命じゃない」

彼女はゆっくりとうなずいた。

「映画がいくらよくできていても、人生そのものではないように、これは生命ではない。ここには時間がない。時間のない生命はない。せいぜいが類似物――同じくらいの価値があるものというだけ。ここは」

ここで紀一は、やっと気がついた――彼女の髪の毛。その艶やかな輝きが完全なる銀色であるということに。

「ここはキャビネッセンスの中。生命と同じだけの価値があると、誰かが思っているもの――その中に秘められていた、可能性」

「誰、か――？」

「あなたではないわ――あなたには、わたしがこの姿では見えなかったんだから」

彼女はひらひら、と彼の目の前で紙切れのようなものを振ってみせた。それはフィルムを模して造られた栞だった。本物そっくりだが、決して上映されることのない、複製品だった。

ぱっ、とその手が離される。落ちる――摑もうと手を伸ばす。身体が、ぐらっ、と傾いて、そのまま倒れ込んでいく。頭から、硬い地面へと――


……衝撃。そして暗転。

どこかへ引きずり込まれていく――いや、引き戻されていく。ひとときの、ほんの一瞬のうたかたの幻影から、ひたすらに延々と続いていく無編集の現実へと。

3

「――あっ！」

〝鬼ヶ島〟の船着き場に、夫が走り込んでこようとして、その途中で転倒するのを見て、誉田梨子は思わず声を上げていた。

　あわてて駆け寄る――そして抱き起こしたが、眼を開いたまま気絶してしまっていた。

「た、大変――あの！」

　と彼女が振り向いたとき、そこには今までいたはずの人間の姿がなかった。彼女と一緒に話していたはずの少女が――どこに行ったのか、と彼女が思ったときに、まだ船に残っていた東澱奈緒瀬の部下が声を聞いて飛び出してきた。

「どうかしましたか⁉」

　問われて、梨子は、

「お、夫です――転んで、頭を打って……！」

　と焦り気味に返事をした。男はすぐに飛び降りて、彼女たちのところへ走ってきた。慣れた様子で、紀一の容態を診る。

「出血はないな。それほどの強打ではなく、ちょっと脳が揺れただけじゃないかな。安心しなさい」

「は、はい――」

　安堵して、彼女はふたたび周囲を見回した。しかしやはり、少女の姿はない。まるで最初から、その姿など見えてはいなかったのだ、とでもいうかのように、完璧に消え失《う》せていた。

（どこへ行ったのかしら――）

　そのとき、彼女の目の前をよぎる影があった。それはさっきまで彼女が持っていた、あの栞だった。

　それはもう、なんの価値もないとでもいうかのような実に存在感に欠ける軽さで空中に舞い、そして地面に落ちて、停まった。

＊

「——人間が死にました」

千条雅人がそう言い、周囲に沈黙が落ちて、その数秒後、

「——あーっ、使えないわね！」

と、忌々しそうな声が響いた。少女の声だった。

はっ、と御堂比呂志が自失から我に返ったときには、もう崖下で千条に抱きかかえられていた少女——舟曳沙遊里がその身体をむっくりと起こした。

「なにそのズレた科白？　簡単なアドリブも利《き》かないの？　どうしようもない大根ね——」

腹立たしげに舌打ちしつつ立ち上がり、ぱっぱっ、と身体についた埃を払う。その間に伊佐たちも傾斜を滑り降りてきた。

「何やってんだ、この阿呆《あほう》！」

早見がすかさず沙遊里の下に駆け寄って、その頭をぱしっと叩いた。

「危ないだろうが！　ふざけすぎだぞ！」

「痛いわね。体罰はよくないわよ」

「おまえ、わざと落ちただろう——千条さんが反応してくれなかったらどうなっていたと思うんだ？」

「あら、だって反応できるでしょう？」

沙遊里が生意気そのものの口調で言うと、千条が、

「まあ、それはそうですね。直前に僕に向かって手招きまでしましたし、行かない可能性はなかったですね。それで彼女を支えた際に彼女に演技を指示されて、逆らう理由がなかったから従っただけです」

と馬鹿正直に答えた。早見が顔をしかめ、伊佐はそんな千条を後ろから小突《こづ》いた。奈緒瀬たちも合流してきて、

「いったい——なんなんですか？」

と困惑気味に訊いてきた。みんなに睨まれても、

沙遊里はまるで悪びれた様子もなく、

「動揺した？」

と訊き返してきた。

「そりゃあ――」

「いや、あなたではなく――御堂比呂志、あんたに訊いてるのよ」

彼女は、その元俳優の眼をまっすぐに見つめていた。

「う――」

「今、私が死んで――どう思った？　何を感じた？」

そう言われて、御堂はひるんだような顔になった。

「それは――」

「あんたにとって、私はただの邪魔者のはずよね。死んだら嬉しかったはず――なのに、今、あんたは何を考えたのかしら？」

「…………」


無言の御堂に、沙遊里はゆっくりと近寄っていき、そして傾斜を利用して彼の頭上まで来たところで、

「よしよし」

と、その禿頭をぽんぽん、と叩いた。

な、と御堂が気色《けしき》ばんだところで、沙遊里は言った。

「その感覚を忘れないでね、それこそが〝キャビネッセンスを盗まれた〟ときの感覚なんだから」

「え――」

「自分でも、それが大事だと気づいてなかったもの、それを唐突に喪《うしな》う気分――あんたは今まで、舟曳尚悠紀を喪ったことに縛られすぎてた。哀しさにしがみついていたら、それを表現することなんてできないわ」

沙遊里は、そのまま傾斜をぴょんぴょんと跳ねるようにして登っていって、さっき進んでいたルートに戻っていってしまう。早見たちもその後を追いか

けるしかない。

（なんなのよ、まったく——）

　奈緒瀬も苛立ちながらも、それに続こうとする。そのとき彼女の携帯電話が着信した。船に残してきた部下からだった。

〝——代表、こっちに誉田紀一が現れました、ひとりです〟

「なんですって？　確かなの？」

〝間違いありません。私と奥さんの二人で同一の姿を確認しましたから、ペイパーカット現象ではなく、本人です。頭を打って、一時的に意識を失っていますが——ああ今、覚醒しました〟

「ち、ちょっと待て——伊佐さん！　誉田紀一が——」

　奈緒瀬が上の人々に声を掛けると、皆が彼女の方を振り向く。するとそこで誰よりも先に、沙遊里が強めの声で、

「ああ、もうそっちはいいわ——どうせ、誉田紀一の方は終わっていると思ってたから」

　と断言すると、再び島の奥の方へと歩いていってしまう。早見も彼女の後をついていき、千条も続く。伊佐は困惑しているが、奈緒瀬にうなずいてみせて、

「と、とにかく今はあっちを追いかけよう。誉田は確保しておけばいいだろう」

　と言った。奈緒瀬は眼を白黒させていたが、

「——ああもう！　ホントになんなんですか……！」

　と言われたとおりにするしかなかった。

＊

「……はい。わかりました。とにかく誉田紀一の治療を続けます」

　奈緒瀬に命じられて、部下の男も少々混乱しつつ、通話を切った。その横の梨子は夫の頭を膝枕《ひざまくら》

で支えながら訊ねる。

「東澱さんは、なんて……？」

「いや、とにかく旦那さんはここにいてくれって話でした。まだ向こうで用件があるらしい」

「でも、たしかこの島に来たのは、キーちゃんを捜しにじゃなかったんですか？」

「だと考えていたんだが――まあ、それほど困るということもないから、このまま待っていましょう」

「はい――」

彼女は夫へと視線を落とす。紀一は眼を開いたものの、まだ少しぼんやりとしていた。

「――ああ、梨子ちゃん……」

そんな弱々しい夫を見て、梨子は少し涙を滲ませた。

「もう、今まで何してたのよ――ほんと、馬鹿なんだから」

「ごめんよ」

「やっぱり『楽園の果て』が、そんなに大事なの？」

梨子はややためらいがちに、おずおずとそう訊いた。すると紀一は、衰弱した笑顔を浮かべて、

「いや――もういいよ」

と答えた。

「え？　でも――」

「もういいんだ……もう、映画は充分だ」

彼の言葉は途中で途切れてしまったが、それ以上は何も言わずに、そのまま妻のことを見つめ続けている。

なんだろう――梨子はその夫の視線を受けとめながら、ひどく焦《じ》れたような感覚をおぼえていた。

夫の顔は、今まで見たこともないような脱力に満ちていた。まるで何年もの間従事していた重労働から解放された後のような顔をしていた。

何かが終わっていた。それがわかった。

彼はもう、彼女が一緒に生活してきてずっと苛立っていた、夢みる男ではなくなっていた。そのこと

をずっと待っていたはずなのに。穏やかに安心できるようになったはずなのに――梨子は、心の奥が焼けるような、凍りついたような、矛盾してなんとも表現のしようのない感情にとらわれていた。彼の夢は、ほんとうに彼だけの身勝手な夢だったのだろうか。そこには実は、自分が捨てたはずのものが一緒にあったのではなかったか。

「………」

とても大切だったものが、急になくなってしまったような気持ちだった。盗まれでもしたかのように、ぽっかりと空洞が空いていた。

4

「私がこの『楽園の果て』に挑戦してやろうと思ったとき――一番問題だったのは、ペイパーカットのことだった」

沙遊里は島の頂点に向かって歩いていく。大人たちが茂った草や木に苦労している中、小さな彼女はすいすいと進んでいく。

「正体不明の謎の怪盗、そもそも何が目的なのかもわからない――そういうものが、確かにこの未完成映画の周囲に存在している、そのことに悩んだわ」

「そいつは、自分も狙われるかも、って思って怖くなったのか？」

早見が訊くと、沙遊里は背を向けたまま、

「それもある。でも、それだけじゃなかった。この映画に関わっていると、死ぬ、というイメージがあることだった。何よりまずいことに、舟曳尚悠紀自身が死んでいることが決定的に、そういう印象に一役買ってしまっている――関係ないのに」

「ない、のか？」

「ないわ」

彼女は断言した。

「舟曳尚悠紀とペイパーカットには直接の関係はない。ペイパーカットがいようといまいと、舟曳尚悠紀は映画を創っていたし、それに精魂込めすぎて死ぬという運命も、きっと変わらなかった。ペイパーカットがいたのは周辺に過ぎず、彼の芸術的人生の中心にではない。ヒライチですら彩《いろど》りにすぎなかった」

彼女はその名前をひどくぞんざいに言った。どうでもいい、という感じだった。

「でもペイパーカットは『楽園の果て』の中にはいる——それが問題だった。御堂比呂志、あんたがこれを引き継ごうとしたときにサーカムに接近せざるを得なかったように、ペイパーカットを意識せずにその映画に近づくことはできない。ではペイパーカットは、いったい何に関心があるのか？」

彼女は茂みをがさがさと抜けて、少し開けた場所に出た。見晴らしが良く、夕陽を浴びて長い影が地面に落ちている。さっきまで彼女たちがいた場所に似た風景だったが、少しばかり空に近い分、海の印象が薄くなっている。

「……ん？」

伊佐は、その場所の真ん中に穴がぽつん、と空いているのを見つけた。今掘り返されたばかり、という穴で、そこには古ぼけた菓子缶が埋まっていた。その横には手帳が投げ捨てられている。

「なんですか？」

奈緒瀬も横から覗き込む。

「どうやら舟曳尚悠紀の遺したものらしいが——誉田紀一がここに忘れていったのかな」

「じゃあ、かなり重要な証拠なんじゃ——」

と大人たちが話している間にも、沙遊里はそれを無視して、さらに太陽が落ちていく西へと足を進めていき、地面の際に立つ。

ふうっ——と大きく息を吐く。

「おい——」

と早見が呼びかけても、彼女は振り向きもせず、

「そんな手帳なんてどうでもいいわ。告白にはもう、興味はない」

と言った。そしてポケットから極小型の音楽プレイヤーを出して、それをぽい、と見もせずに放り投げた。それは早見の手の中にすっぽりと収まる。声の方に投げたのだ。

「……なんだ、これ」

「十七番目の曲、外部スピーカーで流して」

一方的に命じる。早見は仕方なく言われるままにプレイヤーを操作する。

歌が流れ出してきた。イヤホンで聞くのが本来のプレイヤーなので、音はあまり良くない。それでもその歌は妙に透明な響きを伴って島の風景に溶けだしていく。

あなたは嘘つきだって、わたしはいう
おまえは嘘つきだって、みんながいう
だれもが嘘つきだって、神さまはいう

沙遊里はその曲に合わせて、ゆっくりと手をあげて、それを胸元に持っていく。心臓の鼓動を確かめるように、指先で自分の身体に触れる。

愛の告白だけしか聞く気はないけれど
愛の言葉ってどうしても信じ切れない

小さな唇を開いて、そこから声を出す。びっくりするくらいに大きな声だった。

「——あなたの心がわからない。あなたが何を知りたいのか、私は想像もできない」

すてきな嘘をばらまいては皆に好かれ
本当のことを言っては世界中に嫌われ

大人たちはびくっ、として彼女の方を振り向いた。夕陽を浴びながら、彼女はその手を太陽に向かって差し出している。そして叫んでいる。

「あなたのしていることに理由があるのか、それともただの気まぐれなのか、私はそれを本当に知りたいのかしら？　ひとつだけわかっていることは、私の言葉なんてあなたの前じゃ意味がないってことだけ——あなたは自分勝手に、私の想いをつまみ食いするだけなんだから」

愚者のフリをして愛しい人をだまして
手に入るはずの満足をどこかでなくす

それは明らかに、科白だった。彼女は何かを暗唱しているのだった。皆が御堂の方をちらりと見るが、彼はただ茫然としているだけだ。それは彼の知らない言葉だった。遺されていた『楽園の果て』の断片の中には、そんな科白も動作も、どこにも記されてはいなかった。

少女は、人々の視線をはっきりと受けとめながら、それを意識していないかのように、空と太陽に向かって話しかけている——演じている。

「あなたを理解しようとしても、無駄だってわかっているわ。あなたは鏡。私の胸の内の乱れをただ映しているだけ。だからあなたに振り向いてもらうには、私は私自身を見つめなきゃいけない」

きっといつか幸福が舞い込むと信じて
浮かびそうになる悪夢から心を背《そむ》けて

「ああ——でも、それはなんて難しいことなのかしら？　私はあなたに夢中で、あなたのことしか考えられないのに」

彼女はふいっ、と視線を下におろし、左右に振って、今度は海の方を見る。海面に反射した光が彼女の柔らかな頰を下から照らし出す。

「あなたに近づくために、私は一番知りたくない自分の醜い気持ちをさらけ出す。それが最初はとても怖かった——」

そして再び上を向く。ぴっ、と背筋が伸びる。

嘘でない夢と夢みたいな嘘と、あなた
どれが一番の嘘つきを演じているのか

「私の周りは影でいっぱい。入り組んだ迷路のようで、足下さえもまともに見えない。まっすぐに進んでいるつもりでも、全然見当外れの場所に出ている。以前に自分がどこにいたかも思い出せない――それでも歩いている。どうしてかしら?」

　彼女は光に背を向けて、人々の方に向き直った。誰かを見つめているような眼差しだがその実、特定の誰も見てはいない。

「きっと、それが私の運命だから。そういう風に生まれてしまった。嘘の中で生まれて、偽りの日常を暮らして、虚構を演じるために闘う――そういう私は、いったい何を頼りにすればいいのかしら? 愛? 夢? みんなの賞賛? 世界中のすべてに感謝する気持ちになれるまで、私は頑張ればいいのかしら?」

楽園を求めて、今いる場所から逃げて
気がついたら、自分の影をさがしてる

「どうなんだろう――私にはわからない。わかるとも思えない。私がどうして、楽園の先の先にある果てを見たいと思ったのか、それをあなたに教えてあげることはできない。でも――」

　彼女はついっ、と顎を上に向けて、それから下ろした。うなずいた。その口元にはいつのまにか微笑みが浮かんでいる。

「あなたが鏡なら、きっとその逆なんだと思う。あなたには私の気持ちだけがわかっていて、それがどうしてこんな行動につながるのか、その理由がわからないのね」

きっとわたしは自分が大嫌い、だから

嫌われない自分を演じてるだけの弱虫
「私たちはお互いに探している——答えを、平和を、安らぎを、楽園を。それはここにはない。私にもないし、あなたにもない。ここは単なる通過点。私にとってはそれを通り抜けないと次に行けないというだけの門で、あなたにとっては——きっと前の計算で生じた余りなんでしょうね。割り切れなかった素数ってところかしら。でも、それはこうして、あなたの目の前で整理されたわ。これで気がすんだ？」
この、世界中におよそ似た者がいるとも思えない、乱暴な偶然と複雑な葛藤《かっとう》の下に生まれついた孤高の天才少女は、ふふっ、と笑いながらその者の名を、長い言葉の末にここでやっと呼んだ。
「ねえ、ペイパーカットさん？」

＊

「ああ、そのようだね——君は、親とも境遇とも異なる道を進んでいる。それを理解したよ。確かにもう、別の問題になっているね」

その声は確かに聞こえた。しかしそれがどこから聞こえたのか、伊佐にはまったく把握できなかった。

「…………⁉」

彼は周囲を見回した。しかし異常は発見できない。彼は下を見る。地面に落ちた影を数える。ここに来た人数は、沙遊里と自分と千条と早見と奈緒瀬と彼女の部下二人と御堂と——八人のはずだった。

しかし今、地面には九つの影が落ちていた。

「こ、こいつは……！」

伊佐はまた、人々の顔を順に見つめた。少しでも違和感のある顔を探した。しかし見つからず、また影の方を見る――それが減っていた。

そして、坂の下の方にちら、と動く影が視界の隅《すみ》をよぎった。

「――くそ！　逃げたぞ！」

彼は駆け出していった。千条もその後を即座に追う。奈緒瀬たちは「え、え？」と混乱していたが、結局伊佐たちのことを追いかけていく。

その場には沙遊里と、早見と、御堂の三人が残された。

プレイヤーから流れていた曲が終わったので、そのスイッチを切りながら早見は、ふうっ、とため息をついた。

「えーっと――つまり、あれか？」

ぼりぼり、と頭を掻きながら、考え考え言う。

「おまえの目的っつーのは、最初からペイパーカットに、今の芝居をみせることだったのか？　そのためにしっくりくる場所を探して、タイミングを計っていたのか？『楽園の果て』って企画にとってペイパーカットの存在は大きな障害だった。あんな謎の怪盗がいつ現れるかわからない状況で映画なんか撮れないから、先に出てきてもらおうって――そういう作戦だった訳か？」

「それもあったわ――でも」

沙遊里は、文字通り憑き物が落ちたようにさっぱりした顔に戻っている。その表情で御堂の方を見る。

「次に考えたのはあんたのことよ。御堂比呂志」

「……俺の？」

「あんたは自分こそが一番舟曳尚悠紀のことを理解していると思いすぎている。それは正しいんだけど、邪魔」

「じ、邪魔って――」

「あんたが撮らなきゃならないのは舟曳監督の作品じゃなくて、あんたの作品よ。そもそも舟曳尚悠紀は『楽園の果て』を完成させることができなかったんだから、その点じゃはっきり無能なのよ。そんなヤツを見習ってどうするのよ？」

「ど、どうするって――」

「別に『楽園の果て』ってものにこだわる必要もない。あれは結局、舟曳尚悠紀がヒライチに対する気持ちを整理しようとしていただけのものだから、私たちにはなんの関係もない。それがはっきりした以上、違うことも考えなきゃね、わかる？」

「………」

「あんたにまだ映画への執念が残っているなら、あんたの気持ちこそ大切にしなさい。それこそがあんたの『楽園の果て』になると思うわよ。私はもういいけどね」

「いい――のか？」

「どうでもいいわ。まああんたが監督するっていうなら、手伝ってやってもいいけどね」

彼女はぽんぽん、と御堂の背中を叩いた。

「ただし、ギャラは高いわよ？」

「………」

彼はまじまじと、孫ほども歳の離れている少女のことを見つめていた。完全に、彼女の思うように自分が転がされたことを悟っていた。誰かのイメージ通りに動いた、その実感は彼にとって久しぶりに味わうものだった。長いこと感じていなかったので、そんな感覚など自分にはもう残っていない、と思っていた。それが蘇《よみがえ》っていた。

彼の身体がぶるぶると震え始めていた。身体の芯《しん》から何かが湧き上がってくるような気分だった。言葉にならず、彼はその場に立ちつくすことしかできなかった。

早見はそんな二人をぼんやりと眺めていたが、やがて沙遊里に向かって、

「しかし、ひとつだけ引っかかったことがあるんだが」

と訊ねた。

「なあに？」

「いや——さっきのおまえの芝居だけど」

早見はひょい、と眉を片方だけ上げた。

「あれって映画っていうより、演劇になるんじゃねーのか?」

これに沙遊里はにっこりと微笑んで、

「どっちでもかまわないわ。だって私は女優だもの」

とウインクしてみせた。

"The Screened Script of Crypt-Mask"
closed.

あとがき――影は黒ならず、光は白ならず

あなたには想い出の映画というものがあるだろうか。実は僕にはそういうものがない。好きな映画やら嫌いな映画やらは色々とあるのだが、小説を書くというような因果《いんが》な商売をしているせいで映画を観ても「これはこういう構造で、こういう風なことを狙ってい て」みたいないらん分析をしてしまって「ああ面白い」「ああ悲しい」というような素直な感想を持てないのである。分析している時点でもう想い出につながる娯楽ではなく、ただの次の仕事のための勉強になってしまう。実に味気ない話である。しかしそれでも映画館の暗闇の中には現実から離れた夢の世界が隠れているんだよ、みたいなイメージはなんとなくわからないでもない。まあこれも「そういう小説を読んだから」かも知れないが。

かつて映画が活動写真と呼ばれていた頃、それは真に神秘だったという。光と影しかないモノクロの画面の奥には別世界があり、人々は素直にスターにうっとりと見惚《みほ》れたという。だがその魔法はやがて解けてしまった。ただ絵画のような画面が動いているというだけのものに人々が飽きてしまい、映画は、何を、誰を撮るかということよりも、どうやっ

て撮るか、という方が問題になっていき、監督が重要な存在になっていったのだ。つまりいったん夢が破れた後で、それを取り繕《つくろ》うためにクローズアップされた存在だったわけで、最初からどこか追い詰められた感じだった気がする。映画監督のやたら威張っていて、ふんぞり返っているイメージは、そういう出自《しゅつじ》からの反動かも知れない。自信満々でいないと、活動写真の夢が終わってることが周囲にバレてしまうから、みたいな。

昔々の活動写真のスターにして監督というとチャップリンだが、その代表作の『独裁者』は、現実の独裁者を批判した風刺作品ということになっているのだが、なんか今観ると単にチャップリンが「俺とアイツはなんか似てるんじゃないか」と独裁者に共感しているようにも感じる。一人二役で小市民と独裁者を演《や》ってて、どう見ても独裁者の方が力が入りまくりである。観客が支持していた小市民のチャップリンなど本当はどこにもいない、いるのはただヒステリックに現場で怒鳴り散らしスタッフを威嚇《いかく》しまくっている独裁者だけだ、みたいな。それ以後チャップリンはもう二度と貧乏紳士の役をやらなかった。

映画はもちろん我々の味気ない世界の反映である。その願望も理想も悲劇も怒りも哀しみもすべて世界から出てきている。映画を観ることは世界のある部分を拡大して見ることだ。それは一人の監督によってコントロールされたものである。映画は完全に絵空事だが、現実の世界にもこういう〝監督〟は至るところにいる。気がつくと我々は誰だかわからぬ者に決められたことをしている。これが常識だといわれたものに無条件で従っている。その枠からはみ出たものを嘲笑《あざわら》い、とにかく空気を読んでそれに倣《なら》おうとする。どこかに見えない監督がいて、それに従っていればいい映画が撮れるのだ、とでもいうかのように。その夢がとうに終わっているのだ、ということにも気づかずに。

日本を代表する映画監督で一番偉い人、となると黒澤明《くろさわあきら》になるのだろうが、この人はモノクロ時代の巨匠なので、時代がカラーになったときには「もう駄目じゃないか」と言われてたらしい。まさに夢が終わっているとバレかけていたのだ。しかし「影武者」で世界的な評価を得て、揺るぎない地位を確定させたのだという。私は後追いの鑑賞で、観た順番もバラバラであるから、その辺の時代との格闘みたいなことは正直ピンと来ないが、観ててちょっと引っかかったことがあった。それまでの白黒映画と「影武者」がなんか違うのである。白黒の黒澤映画というのは生々《なまなま》しい迫力が売り、なのだが、カラーの黒澤映画は静的な情感の丁寧さで支えてる感じがしたのである。天才といっても、こうも違う要素がそうそう入るもんかなあ、と思ったのだが、撮影スタッフの中に「演出補佐、本多猪四郎《ほんだいしろう》」という名があるのを見て納得した。こっちは知る人ぞ知るみたいな存在だが、この人もまた世界的な名監督である。一九五四年作品の「ゴジラ」で、それまでは単なる虚仮威《こけおど》しの見せ物だとしか思われてなかった怪獣ものを人間ドラマと一体化することに成功させ「映画」にした巨匠である。奇想天外な浮《うわ》ついたネタを地に足のついた表現にすることにかけては右に出る者がいない人が黒澤明のはみ出る荒々しさを抑《おさ》えたものにまとめることに成功していたのだな、と理解できたのだった。つまり事実上、一本の映画に監督が二人いたようなものだ。この発見には結構驚いた。そういうこともあるんだなあ、と思った。

光と影しかないモノクロの画面には、実は白と黒などどこにもない。あるのは二つが混じり合ったグレーの濃淡だけだ。限りなく白に近い灰色と、限りなく黒に近い墨色があるだけである。白黒はっきりつけられる境界線のない、割り切れない闇の中から外に出るためには、もしかすると監督が一人では足りないのかも知れない。その〝もうひとり〟というのがなんなのか、それを見つけるのが大変そうなんですけどね。でもそれしかない気がします。終わってしまった夢をもう一度この世界に呼び戻すためには。……いったいこれはなんの話なんでしょうか。映画にこじつけて何を喩《たと》えてんのかね？　自分でも訳がわからなくなってきたところで、これで終わりです。以上。

（大して詳しくもないことを無理に語ろうとするから、独善的になるんですねえ）
（わかってるなら書くなっつーの……）

BGM "Pastime Paradise" by STEVIE WONDER

上遠野浩平　著作リスト（2010年2月現在）

1ブギーポップは笑わない　電撃文庫（メディアワークス　1998年2月）
2ブギーポップ・リターンズVSイマジネーター　PART1　電撃文庫（メディアワークス　1998年8月）
3ブギーポップ・リターンズVSイマジネーター　PART2　電撃文庫（メディアワークス　1998年8月）
4ブギーポップ・イン・ザ・ミラー「パンドラ」　電撃文庫（メディアワークス　1998年12月）
5ブギーポップ・オーバードライブ　歪曲王　電撃文庫（メディアワークス　1999年2月）
6夜明けのブギーポップ　電撃文庫（メディアワークス　1999年5月）
7ブギーポップ・ミッシング　ペパーミントの魔術師　電撃文庫（メディアワークス　1999年8月）
8ブギーポップ・カウントダウン　エンブリオ浸蝕　電撃文庫（メディアワークス　1999年12月）
9ブギーポップ・ウィキッド　エンブリオ炎生　電撃文庫（メディアワークス　2000年2月）
10殺竜事件　講談社ノベルス（講談社　2000年6月）
11ぼくらは虚空に夜を視る　徳間デュアル文庫（徳間書店　2000年8月）
12冥王と獣のダンス　電撃文庫（メディアワークス　2000年8月）
13ブギーポップ・パラドックス　ハートレス・レッド　電撃文庫（メディアワークス　2001年2月）
14紫骸城事件　講談社ノベルス（講談社　2001年6月）
15わたしは虚夢を月に聴く　徳間デュアル文庫（徳間書店　2001年8月）
16ブギーポップ・アンバランス　ホーリィ＆ゴースト　電撃文庫（メディアワークス　2001年9月）

17 ビートのディシプリン　SIDE1　電撃文庫（メディアワークス　2002年3月）
18 あなたは虚人と星に舞う　徳間デュアル文庫（徳間書店　2002年9月）
19 海賊島事件　講談社ノベルス（講談社　2002年12月）
20 ブギーポップ・スタッカートジンクス・ショップへようこそ　電撃文庫（メディアワークス　2003年3月）
21 しずるさんと偏屈な死者たち　富士見ミステリー文庫（富士見書房　2003年6月）
22 ビートのディシプリン　SIDE2　電撃文庫（メディアワークス　2003年8月）
23 機械仕掛けの蛇奇使い　電撃文庫（メディアワークス　2004年4月）
24 ソウルドロップの幽体研究　祥伝社ノン・ノベル（祥伝社　2004年8月）
25 ビートのディシプリン　SIDE3　電撃文庫（メディアワークス　2004年9月）
26 しずるさんと底無し密室たち　富士見ミステリー文庫（富士見書房　2004年12月）
27 禁涙境事件　講談社ノベルス（講談社　2005年1月）
28 ブギーポップ・バウンディング　ロスト・メビウス　電撃文庫（メディアワークス　2005年4月）
29 ビートのディシプリン　SIDE4　電撃文庫（メディアワークス　2005年8月）
30 メモリアノイズの流転現象　祥伝社ノン・ノベル（祥伝社　2005年10月）
31 ブギーポップ・イントレランス　オルフェの方舟　電撃文庫（メディアワークス　2006年4月）
32 メイズプリズンの迷宮回帰　祥伝社ノン・ノベル（祥伝社　2006年10月）
33 しずるさんと無言の姫君たち　富士見ミステリー文庫（富士見書房　2006年12月）
34 酸素は鏡に映らない　講談社ミステリー・ランド（講談社　2007年3月）

35 **ブギーポップ・クエスチョン　沈黙ピラミッド**　電撃文庫（メディアワークス　2008年1月）
36 **トポロシャドゥの喪失証明**　祥伝社ノン・ノベル（祥伝社　2008年2月）
37 **ヴァルプルギスの後悔　Fire1**　電撃文庫（アスキー・メディアワークス　2008年8月）
38 **残酷号事件**　講談社ノベルス（講談社　2009年3月）
39 **ヴァルプルギスの後悔　Fire2**　電撃文庫（アスキー・メディアワークス　2009年8月）
40 **騎士は恋情の血を流す**（富士見書房　2009年8月）
41 **ブギーポップ・ダークリー　化け猫とめまいのスキャット**　電撃文庫（アスキー・メディアワークス　2009年12月）
42 **クリプトマスクの擬死工作**　祥伝社ノン・ノベル（祥伝社　2010年2月）

オノレ・ド・バルザックの引用は水野亮訳（岩波文庫刊）に、アルチュール・ランボオの引用は小林秀雄訳（岩波文庫刊）に基づきました。

——作者

ノン・ノベル百字書評

キリトリ線

なぜ本書をお買いになりましたか（新聞、雑誌名を記入するか、あるいは○をつけてください）

- □（　　　　　　　　　　　　　　　）の広告を見て
- □（　　　　　　　　　　　　　　　）の書評を見て
- □ 知人のすすめで　　　　　□ タイトルに惹かれて
- □ カバーがよかったから　　□ 内容が面白そうだから
- □ 好きな作家だから　　　　□ 好きな分野の本だから

いつもどんな本を好んで読まれますか（あてはまるものに○をつけてください）

●**小説**　推理　伝奇　アクション　官能　冒険　ユーモア　時代・歴史　恋愛　ホラー　その他（具体的に　　　　　　　　）

●**小説以外**　エッセイ　手記　実用書　評伝　ビジネス書　歴史読物　ルポ　その他（具体的に　　　　　　　　）

その他この本についてご意見がありましたらお書きください

最近、印象に残った本をお書きください		ノン・ノベルで読みたい作家をお書きください	

1カ月に何冊本を読みますか	冊	1カ月に本代をいくら使いますか	円	よく読む雑誌は何ですか	

住所					
氏名		職業		年齢	

あなたにお願い

この本をお読みになって、どんな感想をお持ちでしょうか。

この「百字書評」とアンケートを私までいただけたらありがたく存じます。個人名を識別できない形で処理したうえで、今後の企画の参考にさせていただくほか、作者に提供することがあります。

あなたの「百字書評」は新聞・雑誌などを通じて紹介させていただくことがあります。その場合はお礼として、特製図書カードを差しあげます。

前ページの原稿用紙（コピーしたものでも構いません）に書評をお書きのうえ、このページを切り取り、左記へお送りください。祥伝社ホームページからも書き込めます。

〒一〇一―八七〇一
東京都千代田区神田神保町三―六―五
九段尚学ビル　祥伝社
NON NOVEL編集長　辻　浩明
☎〇三（三二六五）二〇八〇
http://www.shodensha.co.jp/

NON NOVEL

「ノン・ノベル」創刊にあたって

「ノン・ブック」が生まれてから二年一カ月、ここに姉妹シリーズ「ノン・ノベル」を世に問います。

「ノン・ブック」は既成の価値に〝否定《ノン》〟を発し、人間の明日をささえる新しい喜びを模索するノンフィクションのシリーズです。

「ノン・ノベル」もまた、小説《フィクション》を通して、新しい価値を探っていきたい。小説の〝おもしろさ〟とは、世の動きにつれてつねに変化し、新しく発見されてゆくものだと思います。

わが「ノン・ノベル」は、この新しい〝おもしろさ〟発見の営みに全力を傾けます。

ぜひ、あなたのご感想、ご批判をお寄せください。

昭和四十八年一月十五日

NON・NOVEL編集部

NON・NOVEL—872

長編新伝奇小説　クリプトマスクの擬死工作《ぎしこうさく》

平成22年2月20日　初版第1刷発行

著　者　上遠野浩平《かどのこうへい》

発行者　竹内和芳

発行所　祥伝社《しょうでんしゃ》

〒101—8701

東京都千代田区神田神保町 3-6-5

☎03(3265)2081(販売部)

☎03(3265)2080(編集部)

☎03(3265)3622(業務部)

印　刷　堀内印刷

製　本　関川製本

ISBN978-4-396-20872-1 C0293